夜葬

最東対地

角川ホラー文庫
20025

目次

【夜葬《やそう》】

栃木県の山奥に位置する外界と完全に隔離された鈍振《どんぶり》村に古くから伝わる風習。

この村では、人の顔は『神様からの借りもの』と信じられている。死後は老若男女問わず顔をくりぬかれ、神様に返すものとされた。魂＝神様からの借りもの（顔）は、顔を抉《えぐ》られた地蔵にはめ込み返した。それを【どんぶり地蔵】と呼んだという。

一方で神様に顔を返した死者は、幽世《かくりよ》へ渡る船として扱われる。幽世に着くまで腹が減らないようにと、くりぬいた顔に山盛りの炊き立ての白米を盛られる。

このことから、この村では顔を抜かれた死者の事を【どんぶりさん】と呼び、それが村名の由来にもなった。【どんぶりさん】が、幽世へ船（身体）に乗って旅立つのは決まって夜とされ、この村での死者を弔う儀式は必ず夜に行われる。それがこの【夜葬】と呼ばれる鈍振村独自の葬送風習である。《ヴィンチ出版発行　最恐《さいきょう》スポットナビより》

一　真北健《まきたたける》

深夜のコンビニは蛍のように光っていた。健が自転車で近づくにつれ、コンビニは口を開けて餌が入ってくるのを待つ夜話の怪物さながらに、まばゆく光を徐々に放ち始めた。

　自転車を店の前にとめ、自動ドアをくぐる。鱗粉《りんぷん》を撒《ま》きながら電灯のそばで忙《せわ》しなく羽根をばたつかせる蛾が、健の背中を見ていた。

　店内の棚を見て回る健は、買う気のないスナック菓子やインスタントラーメンを手に取っては雑に棚に戻す。

　彼にとっては目的の買い物があっても、そこに至るまでが暇つぶしの一環でもあった。

「あ、これツッチンが美味《うま》いって言ってたやつだ」

　黄色いパッケージのチョコ。バナナとレモンが奇跡の出会い……と書いてある。

　数秒見詰めて健はそれを棚に戻さず左手でぶら下げるように持つ。それから、ふともにパッケージをリズミカルに叩《たた》きつけ、本棚へと移動した。

　端のアダルト雑誌コーナーを横目でちらりとチェックし、そこからもう一方の端まで、雑誌のタイトルを流し見しながら時折手に取り、数ページ読んでは戻す……を繰り返した。

単行本コーナーに差しかかり、背表紙に躍るタイトルを品定めしながら軽くため息を吐く。大して気を引くような本がないのだ。

「あってもどうせ買わないけどー」

誰にも聞こえない独り言を呟《つぶや》いて、健はドリンクコーナーへと移り、菓子の時ほど迷わずにコーラを一本取る。冷蔵庫のドアを閉めるついでに、陳列棚の上に備え付けられた時計に目を配った。

時刻は深夜の二時を過ぎている。いい加減帰らないと明日起きるのが昼を過ぎてしまうのではないか。そう危惧《きぐ》した健はこれ以上の時間つぶしをすることは得策でないと悟り、チョコレート菓子とコーラを持ったままレジへと進んだ。

途中、レジの正面に設けられたコーナーで、いつも買うタブレットを手に取り一緒に出す。

「いらっしゃいませ」

大学生らしき店員は健に目を合わせることもなく淡々と挨拶《あいさつ》を済ませると、商品をスキャンしてゆく。

健自身もこの時間に出会う人間と目を合わせようとはしなかった。自分のような未成年者がこんな夜中にうろついているという、少々の罪悪感があるのかもしれない。

「ありがとうございますー、またのお越しをお待ちしてますー」

妙な軽さで事務的な礼を言う店員から逃れるように、健はそそくさと外へ出る。

「あの店員、ポイントカードありますか？　ぐらい聞けよな」

本人がいないところでは誰に対しても態度が大きい。よく見る光景ではあるが、健ほどの年頃の少年ならば余計にそのような不満を露骨に外に出すのであろう。

深夜二時といえば、健のような年齢の子供が出歩いてよい時間ではないが、これが金曜日の定番となっていた。学校が終われば駅前のデパートのトイレで私服に着替え、そのまま友達と深夜まで遊ぶ。

このような場合、親はなにをしているのかと言われがちだが、健の場合両親ともに彼のこのルーチンワークに口出しをすることはなかった。

それどころか週末ともなれば、母親も父親も夜遅くまで帰ってはこず、むしろこのようになるのは当然なのかもしれない。

「あれ？」

健が自転車の前かごにリュックとレジ袋を投げ入れた時、あるものが目に入った。ジッパーの半開きになったリュックの中に、見知らぬ本が入っていたのだ。

「え？　いつ入ったんだろ」

一目でそれがコンビニの商品だと分かった。なぜならば、先ほど立ち寄った単行本コーナーで見た本とほぼ同じ装丁だったからだ。

良く言えばシンプルで読みやすい、悪く言えば色が多くて安っぽい印象のコンビニでよく見かけるタイプの本。

リュックから覗《のぞ》く背表紙には【最恐スポットナビ】と書かれてある。

「…………」

ゆっくりと店のレジに目を向ける。先ほどの店員はあくびをして下を向いていた。おそらくスマホを触っているだろうことは、健でも分かった。この本はなにかの拍子で、偶然彼のリュックに混入してしまったのだ。

「ラッキー」

返そう、とは考えるはずもない。健はリュックに入ったそれを儲《もう》けものくらいにしか捉《とら》えずに自転車に跨《また が》り家路を辿《たど》った。

徐々にコンビニから離れていく。背中で灯《あか》りが再び小さな蛍へと変わってゆく。それがすっかり届かなくなったところに健のマンションはあった。今では当たり前になったセキュリティが万全な、ホテルのようなマンション。

健は玄関で、キーを差し込み自動ドアを開け、自転車ごとロビーへと入った。

エレベーターの一二階のボタンを押す。

点灯する階数ランプを眺めていると、不意にリュックに入っている【最恐スポットナビ】を思い出した。少し気味が悪くなったが、それも楽しみの一つだと言い聞かせる。

一二階に着き、ドアが開くまで背後の鏡を振り返れなかったのだが。

「おかえり～。こんな時間まで元気よね、毎週毎週あんた」

健がリビングに入ると、母親が赤ワインをグラスの中で揺らしながらチーズを食べていた。ソファでは父親が腕を垂らして眠っている。

「毎度毎度はそっちも同じだろ？　よく酒ばっか飲んでるな」

「あら失礼ね。これはお酒じゃなくてワインよ、私の血はワインでできてるんだから」

健は母親の軽口に「そうですかよかったですね」と答え、早々と部屋に入った。

「なんか食べる？」

リビングからの母の問いに「ううん、いい」、そう断った健はチョコレートのパッケージを開けるとひとつ口に入れる。ごりごりと音を立てて頬張りながら、例の本をリュックから取り出す。そのまま背中からベッドに倒れ込んだ。

「こんな本買ったりしないからなぁー。マジでちょっとラッキーだわ」

ベッドに寝転がりながら次々とページをめくってゆく。どの記事も写真がついており臨場感があって、健は面白く感じていた。健はこれを万引きだとも置き引きだとも思ってはおらず、罪の意識もなかった。

まさにラッキー。そう喜びつつも健はまだ中学生で、漫画以外の本などほとんど自発的に読んだことはない。写真やカラーページが多いとはいえ、本の中身の大半は活字である。

そうなれば興味のあるページしか読まない。自らの身を切って手に入れたものではないから余計にそうであった。

「うわ、気持ち悪《わり》ィ！　なんだよこれ」

結果、目につきやすいカラーページで手が止まる。案の定、健がパラパラとページをめくると目に飛び込んできたのは、写真と色味の多いカラー特集ページ。一際目立つイラストがどぎつい。

「なんだこれ……？　えっと【どんぶりさん】？　顔に穴が空いてて気持ち悪ィのに名前はなんか間抜けなのな」

健が手を止めた見開きの左側を丸々一ページ使って、顔の真ん中にまん丸い穴が空き、目も鼻も口もない女性の絵が描かれていた。

右側のページには『忘れられた孤独の集落に血塗られた葬送の儀式』と見出しがある。その後にこの穴空き人間とその村の風習について写真付きで綴《つづ》られていた。

【鈍振村】と呼ばれるその村についての特集は六ページに及んで組まれており、この穴空きの死体を【どんぶりさん】と呼ぶことや、死後この顔の穴に炊き立ての白米を山盛りによそうことなどが細かに書いてあった。

「うぇ……マジで？　こんな村がいまだに日本にあるっての？　あり得ねー」

そう言って時計を見ると、読み始めてから三〇分ほど経っていることに気が付いた。本を閉じると枕元に置く。その内、頭の近くにそれがあることがなんだか気味悪くなり、結局、勉強机の引き出しの奥にしまう。

『♪』

引き出しを閉め、シャワーを浴びようとクローゼットからスウェットを出したところで、メッセージアプリ『LIVE』が受信したことを告げた。コンビニに行く前まで遊んでいた友達からだと思った健は画面を確かめた。

「うえ、なんだこれ」

画面を見た健は不快感に眉をひそめ、思わずスマホの画面から顔を離した。なぜなら送信者の名前が、【縺ｋ繧薙〒縺吶◆縲繧翫＆繧〉】と、なっていたのだ。

《縺昴％縺ｧ縺吶◆縲繧翫＆繧〉縲◆溘　莉翫％。　縺芽。後〉縺ｋ縺吶◆》

《縺昴％縺ｧ縺吶◆k繧薙〒縺吶　◆溘　莉翫％。　縺芽。後〉縺ｋ縺吶◆》

続けて表示されたメッセージを開くと、やはり訳の分からない文字の羅列が表示されていた。なにかの不具合かと疑った健が他の知人のアカウントやトーク履歴を見てみる。他の履歴は特に変わったところはなく、いつもどおりであった。

「え〜っ、なんだよ〜」

今まで読んでいた本の内容が内容だけに、健は内心穏やかではない。もう一度、先ほどのメッセージが送られてきたトーク部屋を開き、確認してみる。

《縺昴％縺ｧ縺吶◆k繧薙〒縺吶。　◆溘　莉翫％。　縺芽。後〉縺ｋ縺吶◆》

やはり何度見返してみても訳の分からない文字のまま。難解な漢字が連なっているので、中国語かなにかかと思い、知っている字はないかとよく読んでみるもひとつもなかった。

　そうこうしている内に、送られてきたメッセージの横に小さく【既読】が表示された。

「あ、既読がついた」

　相手がメッセージを読んだ、という合図で【既読】の文字が表れる。

　しかし、これは明らかにおかしい状況なのを、少しの恐怖に侵された健は気が付かなかった。

「どっかの中国人が間違って俺に友達申請してきたんだろ」

　自分の中で無理矢理結論付けると、健は下着とTシャツを抱えて部屋を出た。

『目的地が設定されました。目的地まで一二キロです』

　部屋を出てすぐ、ベッドの上のスマホがナビを開始したことを、バスルームにいる健は知る由もなかった。


　タイルに水が落ちる音、不協和音のようにまとまった大きな音と細かな小さな音が共存し、床に着水してはまっすぐに排水口へと向かう。

　それは、健が頭を洗うのに腕を動かす度に変化する。先ほどの気味の悪い出来事をシャワーで流してしまおうとしている彼の胸の内を表しているようにも見えた。

　──こんな時間にあんなもん読むんじゃなかったな。

　きっとあのLIVEの件だって、昼間にきていたら大して驚くようなことではなく、解明されれば実に単純なものであるに違いない。

健がやや熱めのシャワーを浴びている丑三《うしみ》つ時《どき》。彼のいない部屋に置かれたスマホが、『三〇〇メートル先、左方向です』とアナウンスし、《目的地まであと2・3キロ》と表示されていた。

「健、あんたどこの高校いくつもりなの？」

バスタオルを頭にかけて出てくると、母が呼び止めた。健はその言葉に不機嫌そうに答える。

「どこの高校って、俺まだ二年だぜ」

「二年っていっても三年に上がるまであと半年もないじゃない。い〜のぉ？　そんなに遊んじゃって。いざって時にいきたい高校にいけないかもよ〜」

健はなるべく考えないようにしていたことを突かれ、反論できない苛立《いらだ》ちを「はいはい」と軽くいなすことでごまかそうとする。

だが、ごまかそうとする息子に気付かない母ではない。部屋に入ろうとする健を再度呼び止めると、「待ちなさ〜い」と腕を摑《つか》む。

「なんだよ、ウザいな！」

「あ、言うじゃん。あんたが週末どんだけ遅くまで遊んでようと、なんか言うつもりはないんだけどね。けどそれって成績あってのことじゃない？」

「うるさいな、分かってるって！　ちゃんと考えるから」

母の「ほんとかなー？」という言葉と腕を振り切り、健は部屋に戻ってベッドに寝転んだ。

『まもなく目的地です』

耳のすぐそばで聞こえたナビゲーションのアナウンスに、思わず健は飛び起き、何事かとスマホを取る。

手の中で『ポーン』と通知の音が鳴る。スマホの画面では、マップが目的地に向かって動いている。健は目を疑った。

それもそのはず。スマホのナビゲーションとは、所有者を目的地まで案内するためのアプリである。それが仮に誤作動する不具合があったとしても、移動してもいないのにナビゲーションが目的地を目指し勝手に動くことなどあり得ないからだ。

だが、その【あり得ないこと】が手の平の中で起こっている。

「目的地って……」

そもそもどこを目指し、目的地としているのか。勝手に動き続けているナビのマップをよく確認してみようと指で画面をスワイプしたり、ズームしたりしていく内に、健の顔はみるみるうちに青ざめてゆく。

『この先、エレベーターを一二階です』

「こ、これ……」

『目的地は一二〇四号室です』

健の直感が言っている。逃げろ、今すぐに逃げろ、と。

本能が直感を信じ身体を動かすまでのほんのわずかな瞬間。おそらくは、時間にすれば数値化できないほどの刹那《せつな》。その刹那的な遅れが、全てを手遅れにした。

『目的地、周辺です。お疲れさまでした』

えりあしから肩甲骨の間を氷水が通り抜けてゆくような、悪寒。

振り返ってはだめだと、全神経が健に警告している。

だが悲しくも、恐怖と緊張で逃げることはおろか、健はその場から動くことすらもできないでいたのだ。

『おかわりありますか』

背後の悪寒。人の気配である。いや、気配は感じているが、それが人であると断定できる自信が健にはなかった。だが、背後で確かに人の声が聞こえた。それもすぐ近くで。

(きっと、なにかの間違いだ)

それが精一杯の拒絶であったのだろう。信じられないもの、非常識なもの、ないとされているもの。それらを全否定することだけが、健の精神を支えていた。

だが、全否定するためには、避けられないたった一つの行動。

それをしなければならない。簡単なことだった。振り返ること。ただ後ろを振り返って確かめるだけ……である。

——きっと、なにかのまちが……。

健の背後には、彼が全否定したかった象徴が立っていた。

ポニーテールに、黒と白のボーダー柄のカーディガン。丈が短めのカラーパンツ。

いでたちは【知っているソレ】ではないものの、顔だけは見覚えがあった。

……いや、正確に言うのならばその顔は、【見覚えがあるのかないのかさえも分からない顔】だったのだ。

それもそのはず、その顔の中心は月面クレーターのようにポッコリと丸く穴が空いていたのである。

目も鼻も口も、まとめて綺麗《きれい》に丸くえぐり取られた人間。

そう、健が先ほど読んでいた【最恐スポットナビ】に載っていたイラストの怪物、そのものだったのだ。

健は必死で声を出そうと努めるも、目の前に現れたそれに対して、支配された恐怖に身動きができない。小心さが彼の自由を奪ったのだ。

「たすけっ……！」

ようやく声が出たのと同時に、ポニーテールの顔面穴空き人間が右手を大きく振りかぶった。

手には園芸用の鉄でできた古いシャベル。

それこそ土を掘っているかのような、ザック、という音で全てが終わりを告げた。

冷たい異物感が鼻の奥で走る。無慈悲に突き立てられ、根元まで刺さってから鼻の奥でツン、と湧き上がる痛み。

シャベルの先端が頭蓋《ずがい》を割って自分の顔面を無理矢理ほじくられる感覚。遅れて脳みそをハンドミキサーで掻《か》き回されるような激痛。それらがないまぜになるたび、喉《のど》の奥から健の声が小さく漏れた。気がおかしくなってしまいそうな激痛を顔の中で感じているのに、身動きひとつ取れない。深く刺さったシャベルでぐりぐりと顔の中を掻き回し、粘り気のある滴音とともに引き抜き、また根元まで刺す。それを繰り返すのだ。

「健、夜遅いんだから静かにしなさいって」

シャベルを突き立てられる度、床に後頭部がぶつかり振動する。半分眠ったままの母がリビングから声をかけてきた。

母の声が意識の遠くで聞こえる。顔面にシャベルが何度も刺さっていく感覚の中で、健はあの記事に書いてあった穴空き人間の名前を思い出していた。

もう少しで名前が出てきそうだという時に、シャベルが顔面に刺さり、思い出せそうだったものがリセットされる。それを二度繰り返し、三度目のシャベルがざっくりと顎《あご》の上に刺さった時にようやく思い出すことができた。

――【どんぶりさん】

二　松永亮《まつながりょう》

九月二五日

『続いてのニュースです。埼玉県所沢《ところざわ》市で行方が分からなくなっていた高校二年生の原田弓枝《はらだゆみえ》さんが名古屋《なごや》市の公園で遺体となって発見されました。原田さんの頭部は額から顎にかけて大きく損壊しており、捜査関係者は他殺の線で捜査を続けています。また、原田さんの損壊部はまだ見つかっておらず、広島と栃木で起こった事件と同様の手口の事件として関連性を調べています。原田さんの遺体発見を受けて原田さんの通っていた高校では、臨時の集会が行われ、校長が生徒たちに……』

番組制作会社ポジットの朝倉三緒《あさくらみお》は東都《とうと》テレビの報道室にいた。

ＯＡのランプがついたモニターを眺めながら、アナウンサーが読み上げているニュースに気味の悪さを覚える。

というのも、顔面を激しく傷つけられるという同じ手口としか思えない遺体が立て続けに発見されていて、世間はちょっとした騒ぎになっていたからだ。

これを事件と呼ばず、わざわざ《同じ手口の遺体が発見されている》としたのには訳がある。犯人が同一人物だと仮定した場合、あまりにも遺体の発見場所が離れすぎているのだ。

そのため現実的とは言い難《にく》かったからである。

「あの事件ってさ、あれでもかなりマイルドに伝えてるほうなんだぜ?」

三緒と一緒に来ていた上司の坂口寛治《さかぐちかんじ》が、缶コーヒーをゆらゆらと回しながら得意げに言った。

二人は番組制作を請け負っている東都テレビ報道局の長尾《ながお》から呼び出されていた。

ポジットは主に東都テレビの下請けが多く、今回のように呼び出されることは日常茶飯事。決まってそんな時はOA中のモニターを眺めながら、人を呼びつけておいて放置する長尾を《待つ》のだ。

まだポジットに入社して間もない新人の三緒は、焦《じ》らされて不機嫌になりつつもそれが表情に出ないように努めた。

もう四〇分も待っているのだから彼女がイラだつのも無理はないだろう。

この日も、そんないつも通りの修行に励んでいたのである。と、言っても坂口にとってはすっかり慣れたものであったが。

三緒は涼しい顔の坂口を横目で見ながら「どういうことですか?」と尋ねた。

「ん、ああ。【顔面を損壊】って言ってるだろ? それを聞いて朝倉は何をイメージした」

坂口の問いに三緒は視線をOAのランプ付近に泳がし、損壊の意味を考えてみる。だが容易に湧いて出るシチュエーションはそうそうなく、ぼやけた「う〜ん……」という返事しかできない。

そんな三緒の様子を予見していたかのように、坂口は煙草の臭いが染みついた手で三緒の額をこつこつと叩《たた》いてみせる。

「ピンとこないだろ？　ま、せいぜいなんかで潰《つぶ》されてんのかなーくらいで終わりさ。けど真実は俺らが思ってるよりもエグい。なんてったって、こっからここまで……」

人差し指をぶつけた額から三緒の顎にかけて、坂口はぐるりと円を描いていじわるに笑う。

「まるぅ〜く抉《えぐ》り取られてるんだよ」

「抉り……ええっ」

三緒の青ざめる表情を見て、坂口は満足そうに声を出して笑うと、他の局スタッフに注目される前に缶コーヒーの残りを飲み干した。『俺は今コーヒー飲んでたから声なんて出してないぞ』という、所謂《いわゆる》ごまかしであるがそれに意味があるのかは分からない。

「で、でも、その顔を抉り取られたっていう死体が各地で見つかってるって」

「ん〜そうなんだよなぁ。手口は一緒でも場所がバラバラだからな。旅の途上での場当たり的な犯行か、はたまた妖怪《ようかい》か。ま、妖怪じゃないとしたら、最初の事件からインスピレーションを受けた殺人エリートの模倣犯ってところかな」

「模倣犯、ですか……」

くだらない推測をしているが、この男は本気で言っているのだろうか？

そんな風に三緒は思いつつも、部下としての立場もあるので否定的なことを言う訳にもいかない。坂口の言った言葉をただ反芻《はんすう》するしかなかった。

実際のところをいうと、猟奇的な事件など昨今では毎日のように報道されているため、坂口にとってはすっかり慣れたものなのだ。

要は、犯人がどこの誰であろうと誰でもいい。興味がない、という表れなのだ。

だがまだ二四歳になったばかりの三緒にはそんな坂口の心情など読めるはずもなく、自分はこの事件をどう思うか、ということばかりに気を取られていた。

「うちみたいな下請けの制作会社にこんな高貴な報道番組なんざ無縁だがね」

そう言う坂口の名を呼ぶ男性の声。

坂口はたのむわ、と言って空になったコーヒーの缶を三緒に渡す。調子のいい言葉を吐きながら彼は呼ばれたほうへと駆けて行った。

「あ、坂口さん！　私も打ち合わせ……って、もう」

空の缶を持って立ち尽くした三緒は、自分を置いてゲストルームへ消えてしまった坂口に、聞こえもしない溜《た》め息《いき》を吐くのだった。

「実はね、ほら最近流行《はや》ってるあの《顔くりぬき事件》さ」

総一郎《そういちろう》だ。

《顔くりぬき事件》と発言したのは、坂口を呼び寄せたテレビ局のプロデューサー長尾
すでに数人が死んでいる事件にこんな言い方をするあたり、広い意味で彼の頭脳は貧困であると思ってよさそうである。

坂口のあっけらかんとした楽観主義を併せて見ても、もしかしたらこの業界に身を置く人間とは案外こんな性格の者が多いのかもしれない。

この場にふたりきりとはいえ、《顔くりぬき事件》と呼ぶ長尾の感覚に、坂口は思わず短く笑った。

「長尾さん、いくらなんでもそんな言い方しなくても」

「毎日毎日、顔も知らない視聴者のことと上の印象ばっか考えてりゃね、言い方に配慮もしなくなるでしょ。まあ坂口ちゃんと俺の仲だからだけどね。おたくのとこみたいな制作会社さんでも一緒でしょ？　ほら、特に最近は俳優やＶＩＰ気取りのガキタレントも多いし」

プロデューサーの長尾は、さして危ないことを言っているという意識もなく坂口に話すと、煙草に火をつけた。

「そうなんですよねぇ、こっちは散々気を遣ってやってんのに王様気分で……。お前の機嫌取ってんじゃなくって、俺が機嫌取ってんのはお前の事務所だっての！　なんて思っちゃいますよぉ」

　坂口が長尾の求めている返事をしてやると、二人は同じテンションで笑いつつ「世知辛いねぇ」と合唱のように声を重ねた。

　少しの間、そんなやりとりを繰り返した後、長尾はドアの付近を気にしながら坂口に近寄り、声のトーンを落として本題を切り出す。

「それでね、今日来てもらった件なんだけどさぁ。なんかその《顔くりぬき事件》のことを知っているって言ってる奴がいてね」

「事件を知っている……ですか？」

「そうなんだよ。関係者っていうか、なんか知っているらしくてさ。ね、怪しいでしょ？」

「信用できないですよねぇ」

　坂口は長尾に合わせるように言ったが、純粋な感想でもあった。この業界では、情報を持ち寄り金を要求してくる人間はいくらでもいる。

　もちろん、その精度と信憑《しんぴょう》性で金額は変わるが、大体の場合がガセだ。

　それを経験上知っている坂口は、長尾の話に対してそう返した、というわけだ。もちろん、それは長尾も同じであり、同様の価値観を持っている彼だからこそ返した言葉と言ってもいい。

「それがねぇ、どうやらマジっぽいんだよね。ほら、あの事件……被害者が『顔をくりぬかれてる』って報道じゃ出てないじゃん？」

「もしかして、……知ってたんですか？」

「そうなんだよ。知ってた上でさ、話聞いてくれってきてるわけ」

「なるほど、そりゃ面白い」

長尾は更に声のボリュームを絞ると、坂口に「面白いでしょ？」と含みを持たせた口調と言葉を置く。

「……うちで使えばいいって感じですね？」

「ほんっと、坂口ちゃんは理解が早くて助かるわ。うちみたいな直営報道が、信憑性高いからってそういうやつをポンポン簡単に出すわけにはいかなくってさ。そっちで《おためし》してよ」

ははは、と空の感情が天井にぶつかる笑いを上げ、長尾は坂口にメモを渡す。そして、「連絡後はこれ、シュレッダーね」と耳打ちし、手を振りながら部屋を出ていった。一人残された坂口は笑顔のまま長尾の背中を見送り、煙草を一本咥《くわ》えると火をつけた。

「ふぅっ、面倒なことばっかり言ってくるよな。けど、まぁ……」

坂口はたった二口だけ吸い、灰皿の底に火種を擦り消す。部屋を出るドアのノブに手をかけ、「おいしいっちゃおいしいよな」と独り言を言い終えて外へ出た。

「あ、坂口さん！」

部屋から出てくるのを待っていた三緒が声を上げると、坂口は行くぞ、と一言言って早歩きで報道局を出てゆく。

坂口の歩みの速さに、仕事モードにスイッチが入ったのだと三緒は悟った。同時に、これから長くなる予感に眉《まゆ》にシワを寄せ、駆け足でその背中についていくのだった。

「会議すっぞ！　全員集～合ぉ～！」

その号令でオフィス内の社員たちがホワイトボード前に集まり、紙コップのコーヒーを揺らした坂口に注目する。

坂口は特にその中の誰かを見るわけでもなく、朝倉ぁ、と三緒を呼びつける。それからホワイトボードをこつこつと拳《こぶし》で叩き、『ここ消しとけ』と意思表示した。

三緒は慌てて短く返事を飛ばすと、面一杯に書かれた文字を大急ぎで消す。すぐさま、お願いします、とホワイトボードに書いていい状況ができたことを知らせた。

坂口は下唇を片方に突き出し、少し笑っているようにも見える。この時に集まった四〇名ほどの社員の並び面を見渡した。

「新しいチームを組むぞ。結構でかい案件になるかもしんねぇから、慎重に選ぶ」

そう言って坂口はホワイトボードマーカーのキャップを外し、ボードに《顔くりぬき事件特集番組（仮）チーム》と書き込み、コンセプトとそれぞれの役割を箇条書きのように書いてゆく。

「あの坂口チーフP、顔くりぬき事件って、今騒がれてる全国で同じ手口の遺体が発見されてるアレですか？」

男性社員の一人が控えめに手を挙げて質問した。

「そのとーり！　いいよ、若本《わかもと》くん！　まぁ、この業界にいるから小耳にはさんでる奴もいると思うけど、今回の題材はずばりそれ！」

「顔くりぬきって……どういう、その」

髪の長い女性社員が聞きたいような聞きたくないような微妙な面持ちで質問する。坂口は嬉《うれ》しそうに手を叩《たた》き「聞きたい？　それ聞きたいか？」とその女性社員に対しても指を差した。

「じゃあ、知らない奴のために簡単に説明しよう。今世間をにぎわせている一連の【顔面損壊事件】。これは、顔を綺麗《きれい》にくりぬかれた死体のことをオブラートに何重にも包んで伝えているんだ。ケーキで言うならミルクレープ……いや、ミルフィーユかな」

「くりぬいて、って？」

別の男性社員が質問する。

話の尻《しり》で差し込んだジョークを無視されて、少し眉を寄せた坂口は続けて答えた。

「くりぬいて、って……くりぬいてるんだよ。それ以外に言いようがあるか？　絵に描くとこういう感じだ」

ホワイトボードの空いたスペースに雑に人のバストアップを、それから顔の中央に大きく円を描く。振り返った坂口は少し自慢げに「どうだ？」と聞いた。

社員たちの反応は大きく二つに分かれた。

その絵にコミカルさを感じて笑うものと、絵をリアルに置き換えて言葉を失うもの。

どちらにせよ通常では考えられない遺体の状況を思い、この事件の異常性だけは感じたようだった。

「もう分かるな？　顔をくりぬいた死体が全国各地で発見されている。全く共通点もない被害者が、共通点もない地域、距離、まぁ同一犯が起こしようのない規模で発生しているわけだ。今回の所沢の件で三人目。たぶんこれからも増えそうな予感がするよな？」

三緒が恐る恐る手を挙げる。即座にそれを見つけた坂口が「朝倉くん、どうぞ！」と大きな声でプレッシャーをかける。

坂口の電光石火の指名に上半身を一度大きく揺らし、三緒は右、左と社員たちの反応を窺《うかが》いつつも発言した。

「さっき坂口さん、全国各地って言ってましたけど……全国各地っていうには三人は少なくないですか？」

「朝倉」

三緒の話が終わるか終わらないかの内に、坂口は声を重ねる。話の途中で名前を呼ばれた三緒の「は、はい！」という返事は声が上ずっていた。

「バカ」

「バ、バカ？　バカですか」

「そうだ、お前はバカ。お前、同じ手口の殺人が三件も起こってるのに少ないと思ってんのか？　交通事故や絞殺、自殺。例えばこれらが三件立て続けに起こっても別に多くはねぇよ？　けどこれは【顔がくりぬかれる】っていう猟奇殺人だぞ？　近隣で連続して起こるならともかく、各地で同時期に起こってるのはどう考えても異常だ。容疑者が確保されていない以上、連続殺人の線が濃厚だから、今後も死体が増える可能性は高い。どうだ？　これでも少ないか？　なんならもっと被害者増えてから取りかかったほうがいいか？」

これには三緒も「いえ……」と口ごもるしかない。

坂口の言うことには説得力があった。三緒自身、三件の事件が少ないと思えなくなっていたからさすがなものである。

「とはいえ、これは表向きの話さ」

思わぬ話の続きに、三緒だけでなく他の社員たちも驚いた様子でざわつく。

「自殺者の数は発表では約三万人……と言ってもここ数年は減ってきているみたいだね。それでも、潜在的な数は一〇万人を超えているらしい。未遂で病院に運ばれた後死んだり、家族が自殺と認めなかった件、それに事故として処理された案件を含めればここまでの数になるってのは、業界では有名な話だ。じゃあ聞くが、これが自殺者だけに留《とど》まる話だと思うか？」

坂口の演説に口を挟む者はいない。誰も意見を述べないと踏んだ彼はさらに続ける。

「そうさ。報道局から仕事をもらってるうちとしては、そこらへんも押さえてる。この《顔くりぬき事件》の被害者は他にもいる。公表されていないだけだ」

「それって……」

　当然、この話をするきっかけになった質問の主である三緒が反応する。

　だが坂口はここでも嬉しそうに笑い、「おいおいそんな顔したって別に一〇人、一〇〇人っていうとんでもない数じゃない」と言った。

「せいぜい公表されている人数の倍くらいだ」

　その場にいたほぼ全員が頭の中で《三人》を《六人》に変換し、急に大きくなった数に言葉を呑《の》んだ。

「さて、じゃあ本題に話を戻そう。さっきも言ったように、《顔がくりぬかれている》っていう事実は報道されていない。ってことはつまり、その事実を知っているのは警察関係者か、俺たちのような報道関係者の一部ってことになる。だが、それを知っていて情報を提供したいって奴が局の報道室に連絡してきたっていうんだ」

　小声で社員同士がひそひそとそれぞれの見解を話し合う中、坂口はボードに《情報提供者》と書き足すと、《真？　偽？》と付け加える。それを手の平で叩いた。

「さぁどっち？」

　今度は明らかに挙手で意見を述べよ、という態度を示した坂口に対し、社員たちは思い思いに小さな議論を、雨上がりの水溜《みずたま》りの様にぽつりぽつりと始めた。

　石橋を叩いて壊れないことを確かめてからしか発言しようとしない社員たちを余所《よそ》に、初めに手を挙げたのはやはり三緒だ。

「それを確かめて番組にするので……その、真偽はどちらでもいいのでは」

「おお、名誉挽回《ばんかい》だな朝倉。そのとーり」

【顔くりぬき事件特集番組（仮）チーム】という見出しの下、チームメンバーに坂口は【朝倉】と書き、社員たちはわっと沸いた。

「ちょっと正気っすか坂口さん！」

元気のいい声がまず一番に飛び、続いて「朝倉じゃ早いっすよ」と同じ人物が叫ぶ。

「なんだ袋田《ふくろだ》。なんの意見も出してないお前がそんなこと言えた義理じゃないだろ」

「いや、そっすけど……。そりゃ頭の回転はあんまよくないっすけど、けど！　朝倉なんかより俺のほうが体力ありますし！」

「体力しかないだろお前は」

袋田と呼ばれた背の高い坊主頭は分かりやすく唇を尖《とが》らし、なにか三緒に対する不満を言う。その全てを坂口は却下した。しかし、そんな袋田を無視しつつもチームメンバーの【朝倉】の下に【袋田】と付け足し、袋田本人を除いた社員たちは坂口のその行為に驚く。

「ちょっと坂口さん聞いてんすか！　俺、マジで納得できねぇんすけど！」

袋田はヒートアップしているのか次第に口調が荒くなってくる。どんどんと前のめりになるのを周りの社員が肩を叩いていさめるが、それでも坂口に食ってかかろうとした。

「落ち着け袋田！　お前もチームに入ってんだよ！」

「そうでしょ！　だから俺は朝倉なんかにやらせるくらいなら俺のほうが……え？」

「ボード見ろボード！」

袋田はぎょろりとした目を細めてボードを見詰め、それでもよく見えなかったので胸ポケットからメガネを出して装着した。二秒ほどボードを見たまま「……え」ともう一度短く反応し、自分の名前が書いてあることを理解すると「えええええ！」と叫ぶ。

「うるさい奴だな！」

「だって、坂口さん……俺三年目っすよ！」

「お前のほうが上手《うま》くやれるんだろ？　だったら二人でやれ。熱い奴と冷たい奴で丁度いい。頭脳自慢と体力自慢で一人分になるかもな」

――うわちゃ、私、袋田さん苦手なんだよなぁ……。

と心の中で三緒は呟《つぶや》き、おずおずと袋田を見る。袋田も三緒のほうを向いていて、こちらもまたなんともいえない苦い顔で見ていた。

そんな二人に気付いてか気付かずか、坂口は「異論はないな？」と一方的に言い捨て話を進めた。

九月二八日
三緒と袋田は渋谷《しぶや》で例の情報提供者と待ち合わせていた。
この場に坂口がいないのは、元々そのつもりのなかったポジションに袋田を入れたため、自分の出る幕はないと踏んだからである。

一方で、苦手意識のある者同士でチームの重要な役割を担っていいものか。それは二人にも共通の認識としてあった。だが坂口の言うことには逆らえず、いや、それよりも二人ともこのチャンスを人の相性で反故《ほご》にするわけにはいかなかったのである。

渋谷の象徴である駅と直結したビルの一階。

「カフェで先に待っている」と《黒川敬介《くろかわけいすけ》》を名乗る人物から事前に連絡があった。

名前通りの黒いいでたちで奥の席に腰かけている男がいた。三緒がまさかあれではないだろうと視線を外したその時。

「お、あそこに黒い格好の奴がいるぞ。黒川っていうくらいだからあれに間違いないよな」

あまりにも短絡的な袋田の判断を三緒が止めようとしたが一手遅く、袋田はずんずんと店内に入ってゆく。

男に「黒川さんですよね」と話しかけた。袋田の無鉄砲な行動に思わず三緒は、とびきり酸っぱい梅干しを頬張ったような表情で顔を背ける。

「ええ、そうです。テレビ局の方？」

三緒はたった今聞こえた結果に耳を疑いつつ薄目で光景を確かめる。袋田がこちらに向かって手招きをしているところだった。

「なにしてんだ朝倉！　さっさとこっち来て名刺渡せ！」

「え、あ……すみません！」

ぼさぼさに伸びた髪にマスク。黒いジャケットに黒いシャツ。おまけに黒いズボン……当然靴も黒い。

サングラスでなく普通のメガネをかけていたのが唯一の救いだな。袋田は心の隅でそう思いながら名刺を差し出した。

「制作会社ポジットの袋田巽《つばさ》です。よろしくお願いします！」

「同じくポジットの朝倉三緒です。本日はお時間頂きありがとうございます……」

二つの名刺をそれぞれ片手で受け取り、軽く会釈をした黒川は二人の顔を交互に見たのち、「……テレビ局の人じゃないの？」と聞いた。

「はい！　僕たちは都テレではなく、下請けの番組制作の人間っす！」

「ちょ、袋田さん！　……た、大変失礼いたしました。私どもは東都テレビ局から番組制作を委託していただいている会社の者でして、実際の放送は東都テレビ様がされますが、番組の制作にあたっては弊社が担当させていただいてます！」

袋田のビジネス会話のなってなさに慌てた三緒はすぐフォローを入れたが、つい焦って早口になってしまった。その二人の紹介を黙って眺めていた黒川は、「テレビ局のヤツに連絡したのに舐《な》めやがって……」と小さく愚痴る。

その愚痴が聞こえた袋田が反応しかけた所で、三緒は強引に相棒を椅子に座らせる。それから、へらへらと笑顔を振りまき自分も着席した。

「あの、心配しないでください。袋田が言った下請けというのは誤った喩《たと》えでして、実際は報道局からも正式にお仕事を頂いている関係です。制作の面に関しては東都テレビさんよりも高いクオリティを常に目指しておりまして、その、疑うのは当然かと思いますがご安心ください」

三緒が話している途中なのに、袋田が「誤ってるだって！」と肘《ひじ》で小突いてくる。それには構わず言いきった。だが、その甲斐《かい》あってか黒川は少し信用したように椅子にもたれかかり、分かりましたと一言だけ発する。

「ありがとうございます！　それではよろしくお願いします」

「いいよ。どっちみち今日話すつもりはないしな」

黒川がマスクを膨らませ、三緒は溜《た》め息《いき》を吐いたのだと気付いたが、袋田はドリンクのメニューに夢中でそんなことは我関せず、といった様子だ。

それよりも三緒が気になったのは、黒川の言った『どっちみち今日話すつもりはない』という言葉だ。

この言葉のどこが気になったのか？　それは『なぜ今日話すつもりがないんだ』ということではない。とある人物があらかじめ黒川がこの台詞《せりふ》を言うだろうと予測していたことによる。

――坂口さん、やっぱりすごいな。いつもあんなにいい加減なのに。

三緒の心内に出てきた人物、坂口。

二人が黒川に会う前から、坂口はすでにこう言うことを想定した上でよこしたのだ。そして、このようにも言っていた。

「いいか、お前らが本題に入ろうとした時、この黒川とかいう胡散臭《うさんくさ》い奴が『今日話すことはない』とか、まぁそんな意味合いのことを言ってきたら素直に受け入れろ」

「受け入れるってことはやっぱガセ摑《つか》ませに来やがった奴ってことっすよね！」

とある日の会議室で坂口を挟んだチームミーティング。

袋田は椅子を後方に跳ね転がし、前屈《まえかが》みで坂口に迫った。横で見ていた三緒は理解に苦しむ。なぜこの男はこんなにも根拠のない勘を自信満々で発表できるのか。

「逆だ。その場で話したがらないのはおそらく本当にちゃんとした奴が来るのか見に来ただけだからだよ。こんな仕事やってたらな、情報売りたいって奴なんざごまんといやがるからな。すぐ話してその場で金を求めてくる奴だったら、もし本当の情報を持っていたところで大したもんじゃない」

袋田があまり分かってもいないのに「坂口さんすっげぇっす！」と鼻息を荒くする。

一方、三緒はその持論に一度頷《うなず》きはしたが、どこか納得しない顔をしていた。

坂口が煙草に火をつけ、煙をひと吸いして「なんだ。なんかあるなら言ってみろ」と三緒に尋ねる。控えめに「じゃあ」と枕を置いた上で、三緒は気になったことを述べる。

「その場で報酬を求めるタイプだった場合はどのように対応すれば……」

ぷぅっ、と煙を吐き出して坂口が「追い払え」と一蹴《いっしゅう》し、そのいい加減な返事に三緒はつい「ええっ」と反応した。だがそんな三緒とは逆に袋田が自信ありげに含み笑いで、拳《こぶし》をぱしん、と手の平に打ち合わせる。

「追い払っちゃっていいんすね？　いいっすね、そういう難しくないのは得意っす」

と、とても制作会社に身を置く人間の台詞とは思えない言葉で意気込みを表した。

「ええ～……」

か細い三緒の声は届かない。

妙なくだりで妙なやる気を見せる袋田と、話はもう終わったとばかりに煙草を吸いながらスマートフォンを操作している坂口に、三緒は一抹の不安を覚えるしかなかった。

しかし三緒の不安に対して坂口は一言だけ、次のように言った。

「な？　お互いのない部分を補ういいチームだろ」

回想から戻った三緒は、黒川の用意してあったかのような台詞を聞くと、追い返さなくてよくなったことと、このチームが早期の解散に至らなかったことに内心は胸を撫《な》で下ろしていた。

ともかくとして坂口の理論を信じるのなら、この黒川という男は限りなく本物の情報を持っていると思われる。

「袋田さん」

「ん、ああ。えっと黒川さん、うちらとしても黒川さんの情報が本物だって確証が欲しいんで、報道で流れてない情報の一端……はじっこだけでもなんかないっすかね」

袋田の相手を選ばない高校生のような言葉遣いに、黒川は一瞬ムッとした様子を見せたが、一呼吸して落ち着かせてから話し始めた。

「まぁそうなるよね。いいよ、こっちもそのつもりだしさ。じゃあ、この情報は出回ってないはずだ。顔をくりぬかれた死体が、どんな凶器でえぐられたのか知ってるかい?」

当然、そのような情報を知るはずもない二人は、互いに顔を見合わせると首を横に振った。

「そう。じゃあ教えてやるよ。被害者の顔をえぐった凶器……っていうか道具だな。それは園芸用のシャベルだ」

「はぁ?」

予想外のワードに、袋田がまた素直なリアクションを取ってしまう。再び黒川は眉《まゆ》をひそめ、あからさまに機嫌の悪さをマスクで隠れていない目元だけで表現している。

「え、園芸用のシャベルっていっても色々ありますよね?」

そんな状況だからこそ、三緒の切り返しはファインプレーだったといえる。袋田の失言にすかさずフォローを入れ、会話を途切れさせない。

悔しいが三緒は、徐々に坂口が自分と袋田を同じチームにした意図が分かってきた気がした。

「そうだな、園芸用のシャベルっていってもあの鉄の硬い奴だよ。派手なペンキで塗装している割にはすぐにはげて鉄が剝《む》き出しになるあれさ」

『朝倉、こいつが言ってんのは俺の知ってるあのシャベルか？』

答える気力も湧かない……というのが本音だったが、曲がりなりにも会社の先輩である袋田を露骨に無下にするわけにもいかない。耳打ちでこっそりと聞いてきた問いに、そうですと言葉を付けて頷いてやった。

「原始的で野蛮な凶器だろ？　そんなもんで頭蓋骨《ずがいこつ》割って肉をほじくれるのかよって正直思うけどな。本当だ。調べてくれてもいいぜ」

「信用しています。よろしければ次回はきちんと前向きなお話をさせて頂ければ、と思っておりますが……どうでしょう？」

坂口はあの後、『本物と分かったらできるだけ早く次を取り付けろ。そういう奴はな、大体同時に何社も同じ話を持ちかけてるもんなんだよ』と三緒に話した。それを思い出しながら、有言実行。早速次の約束を打診する。

「いいね。あんた、話早いよ。そっちの熱血くんとはえらい違いだ。気に入ったから明日にしよう」

——やった！

と三緒は内心ガッツポーズを取るが、できるだけ顔に出さないよう努め、ありがとうございます、と枕に置く。そして次にこちらから時間の提案をした。

三緒は翌日の一四時を指定し、同じ店でどうかと提案するが、黒川は人に聞かれない場所がいいと注文した。

「じゃあカラオケでいいじゃん」

袋田の一言で場所が決まり、精算するためレジに向かう。

黒川は気が大きくなったのか、それとも早く決まって安心したのか、聞いてもいないことを一つ話した。

「実はあの事件のルーツは、栃木にある【鈍振村】っていう限界集落の村なんだよね。そこの風習が色濃く表れている。あんな村に行くからみんな呪われたんだ」

まるで自分も行ったことがある、といったような口ぶりであった。

下まで見送ると言った二人の好意を断り、黒川は一人で帰って行った。黒川が去る際、スマホのナビゲーションの『ポーン』という音が聞こえ、思わず三緒は振り返る。

『次の交差点を左です。目的地まであと六キロです』

——なんでこんなところでナビなんか使ってるんだろう？

三緒は少しだけ気になったが、特に珍しいことでもないのですぐに忘れてしまった。それよりも今回の収穫を坂口にまとめて報告せねば、と手帳に色々と書き込み始める。

袋田は呑気《のんき》に「腹減らね？　ラーメンでも食っていこうぜ」と話しかけてくる。

三緒は半分袋田の言動を無視しつつ、この男とこれから行動を共にせねばならないと考えるだけで、胃がチクチクと痛みを訴えるのだった。

一〇月一三日

「なんすか？　まずいことって」

三緒の隣で、袋田が僅《わず》かながら不安げな表情をして坂口に尋ねた。

三緒は袋田の横顔でそれを察したが、またなにか言われかねないのであまり見ないように努める。

しかし本音を言えば、袋田が責められていたり立場の弱いところを見てみたい気もしていた。

黒川と渋谷で会った日から二週間後、出社した二人は坂口に会議室へと呼ばれたのだ。

「あーそれがな、黒川敬介が失踪《しっそう》した」

坂口は明後日《あさって》の方を見ながら煙草を咥《くわ》え、不機嫌そうに話す。それに噛《か》みつくのは当然、袋田だ。

「失踪って……だから、あの日に連絡取れなかった時点でとっ捕まえたらよかったんすよ！」

「とっ捕まえるって、お前は警察か」

「だって、失踪ってことは絶対ほかの局にタレこんだってことじゃないすか！　やっぱ一回泳がせるとかしないで、あの場で話聞けばよかったんすよ！」

坂口は忌々しそうに煙草の煙を吸う。まぁ一理あるわな、そう言って煙を吐き出した。

だがすぐに二人に目をやると、「だが終わってない」とも言った。

「終わってない……って、その【顔くりぬき事件特集】ですか？」

「そうさ。まぁ、黒川がこの先バックれ続けたら微妙だが。もし見つけたら倍額払うと言え。この番組を成功させたら中々アツい展開が俺らを待ってるぞ」

三緒たちが黒川と初めて接触した日の翌日。指定の待ち合わせ場所に、彼の姿はなかった。どれだけ待とうとも一向に現れる気配がなく、連絡もつかない。

黒川はたった一晩で音信不通になってしまった。

それからも黒川への連絡を試み続けていたが全く繫《つな》がらず、そして現在に至るというわけである。

「成功って、そんなこと言ったって黒川いないじゃないっすか！」

「そこなんだよなぁ。けど逆に言や、あいつさえいればどうにかなる」

「もういいじゃないっすか、あいつなしで特番作りましょうよ！」

「そういうわけにもいきませんよ袋田さん」

急に入ってきた三緒の言葉に、袋田は「ああ？」と威嚇するように返事をした。

だがすぐに坂口に頭を小突かれる。袋田が黙ったのを確認すると、三緒は話を続ける。

「黒川さんの存在があってこその特番でしたし、なによりも黒川さんの言っていたことは本当のことだったんですよ？　坂口さんが人脈を駆使して確認したじゃないですか。……現時点で私たちには黒川さんの話を裏付けるしか番組の構成ができないんです」

三緒の演説に坂口は「おお〜」と感心し、拍手を送った。

そんなつもりではなかった三緒は、言った後に恥ずかしさからか少し萎縮《いしゅく》する。

袋田はというとなにか反論するつもりだったが、結局いつも通りなにも浮かばなかったらしく、唇を尖《とが》らして黙ってしまった。

「家族から失踪届が出されたらしくってな。本格的な失踪だ。このまま見つからなかった場合、こりゃ企画から練り直しか」

「えっ、ってことはチーム解体とかっすか！　そんなの絶対いやっすよ！」

黙っていた袋田は、坂口の『企画から練り直し』という言葉に反応する。さらに食い下がろうと、チーム解散のデメリットを力説した。

だが、そのどれもがチーム解体を阻止する決定打には到底及ばない。

「企画が白紙になることくらい、俺らの仕事ならいくらでもあるだろうが。ヤル気があるのは感心するが、なりふりかまわず突っ走ってもずっこけて大けがするだけだ。諦《あきら》めろ」

「そんな！　黒川が失踪したんならその失踪も顔くりぬきのせいにしちゃえばオカルト特番くらい作れるんじゃないっすかぁ……」

袋田の見舞ったラストパンチはへにゃへにゃで、破壊力はゼロに等しかった。

そんなイタチの最後っ屁《ぺ》のような抗《あらが》いに、思わず三緒も「報道特番の企画なんですから、オカルトにシフトできるわけないじゃないですか」と突っ込んだ。

「うるせぇよ！　くっそぉ、折角の特番企画だったのに」

チャンスが思わぬところで頓挫《とんざ》し、なにかが始まる前に終わってしまったという絶望で、いつもの賑《にぎ》やかし気質もすっかり鳴りを潜めてしまった。三緒と袋田が意気消沈の空気で会議室を去ろうとしている中、坂口が彼らを呼び止めた。

「なんすか」

袋田の投げやりな口調の返事に三緒が注意をするが、坂口は構わずに続く言葉を見舞った。

「ありだな。ありだぞ、それ」

三緒と袋田は初めて同時に「は？」と声を合わせた。

二人のテンションとは対照的に口角を上げて笑い、「袋田ぁ、だからお前をチームに入れた俺は天才だっていうんだ」とトーンを高めた口調で投げる。

「一連の事件をオカルト番組としてリブートしよう！」

坂口の口から意外な言葉が飛び出し、三緒が声を上ずらせながらその提案に異を唱える。

「でも現在もまだ捜査中の事件を扱うのは放送倫理的に問題があるんじゃないですか？　下手をすれば都テレからの仕事もなくなっちゃいますよ！」

「だから都市伝説ってことにしてさ、今起こってる事件だって伏せればいいんだよ。黒川の件だって、関係者が失踪してるなんて情報を摑《つか》んでる機関なんざうちだけだぜ？

名前も仮名。事件も過去の案件として、さも昔あったことのようにすりゃいい。ああ、そうだな朝倉、お前今回の事件にできるだけ似たものを調べろ。それをベースにする。袋田は朝倉のサポートしろ」

電光石火の展開に三緒は頭がついていかない。だが、袋田はよく理解していないもののいつもの調子で、「わっかりました！　燃えてきたっすよ！」とうるさく同調する。

——いいのかなぁ……。人が一人行方不明になってて、死人も沢山いるのに……。

三緒の心の声が聞こえるものなど、誰もいなかった。

同日　福岡県某所

スマートフォンの画面には、真っ暗な山道が映し出されていた。

真っ暗といっても、完全な闇というわけではない。

チカチカと光る指示ランプや、メーターの目盛、そしてエンジンの回る音。

人こそ映ってはいないものの、正面に路面を照らすライトがあることから、これが車内だと分かる。運転席と助手席の間にはスマートフォンが設置されていた。

「はい、もうすぐ福岡県で有名な心霊スポットに着きまーす」

映像は特に変化はないまま男の声だけが車内にこだました。どうやら運転席の男が喋《しゃべ》っているらしい。

男は周りに見えるものを実況しながら、ここが福岡県の山奥に位置する有名な心霊スポットであると解説している。

「まっちゃんの心霊スポット配信、七回目の今日はあのトンネルに突撃しちゃいますよぉ〜。いやぁ、前回のダムの時は色々とトラブルもあって結構怖かったですねぇ。しかも、ですよ？　今夜はなんと僕一人の実況配信で……、前回がもう一人相方がいただけにちょっと不安ですぅ。だけど、みなさんに喜んでもらえる配信を目指して、頑張っちゃいますよぉ〜」

彼がしているのは、《実況動画配信》である。

男性はリアルタイムでネット番組を配信できるサービスの利用者だ。スマートフォンで動画を撮りながら、心霊スポット探検を配信しているのだ。

動画を表示している横のコメント欄には、今この時間に配信を視聴しているユーザーからのコメントが次々と流れる。その内容は《楽しみ》や《頑張って》、《幽霊でてほしい》など様々だ。

しかし、これらのコメントを読む限り、配信者のこの男はかなりユーザーから気に入られていると見える。

「いやぁ、まっちゃんこう見えて怖がりだから、ヤバいって思ったらすぐ逃げちゃうよぉ？　それと恥ずかしながら今日の目的地はさっき決めたのでぇす。ほら、この本で見つけたんだよ」

そう喋りながら姿の見えない配信主は、スマホのカメラに一冊の本を映した。

【最恐スポットナビ】

赤と黒、そして所々黄色と《如何《いか》にも感》が滲《にじ》み出ているコンビニによく置いてある紙質の本。本を映した直後から『安そう』『もっとソース選べって』など反響が流れる。

運転中につきコメントを読めない《まっちゃん》は、これから挑むスポットに対しての意気込みを語りながら、街灯もない闇の中を進んで行く。

「この本もねぇ、全部読んだんですけどやっぱり当たりはずれありますよねぇ。栃木の村なんかすごく面白そうだったんですけど、さすがに遠いんで行けるところから来たんです」

一人だというのに、ずっと誰かに話しかけながら運転しているのも奇妙な画《え》である。

彼が止めることなく喋り続ける中、数分間。ようやく変わり映えのしない景色ばかりを映していた画面にも変化が訪れた。

「やぁ、着きましたよ心霊トンネル！　それじゃあ、早速降りてみましょう〜」

《まっちゃん》がスマホを手に取り、自分の目線と同じ高さにカメラを合わせ、車を降りた。そこでようやく流れ続けるコメントに目を通し、それらに対しとりとめのない返事をして歩く。

カメラが闇の中ぼんやりと佇《たたず》む長いトンネルを捉《とら》える。外から覗《のぞ》くトンネル内部に見える緑色の電灯が、かえって気味の悪さを増幅させていた。

「やあ〜、不気味ですね……。前回のダムも相当怖かったですけど、今日はひとりぼっちだし……めちゃくちゃ怖い」

そして相変わらず見えない相手とスマホを介して喋り続ける《まっちゃん》は、ちょっと引いたところから見ればひとりなのに誰かと話している、充分怖い姿である。

そんな怖さもあくまで【ある意味で怖い】怖さであり、実際徒歩でトンネルに入ろうとしている《まっちゃん》が一番恐怖を感じているはずだ。

それを表すように、《まっちゃん》は歩幅も狭くなり声も小さくなってゆく。やはり目前で怖気《おじけ》づいたのか、中々トンネル内部に入れないでいるようだった。

「うわぁ、ほんと怖い……。早く入れだって？　そんな簡単に言わないでよぉ、ほんと怖いんだよ」

一歩踏み出すたびに、砂利がアスファルトに擦《こす》れる音がいちいちトンネルに響く。逆に言えば、それだけの静寂がこの闇の中のトンネルに溶け込んでいるとも言える。

一〇月の夜は寒い。しかも細い山道では風の逃げ場がなく、《まっちゃん》の顔とスマホの間を走り抜けるように吹き抜けていった。中々足が前に進まない彼は「寒っ、結構寒いですよぉ」と小さな箱を通して自分を見詰める千数百人の人間に言い訳をする。

《早くトンネルに入ってくださ～い》《トンネルの奥に白いの視《み》える……》《歌いながらトンネル抜けてー》《ほんまやめたほうがええって》《頭痛くなってきた》《いつも見てるけど今日のはおもしろーい》

コメントが落ちものパズルゲームの如く、カチカチと変わってゆくのを恐怖の緩和剤にして、いよいよ《まっちゃん》は中に入る決意をし、「では入りまぁす」と宣言し歩みを進めた。

「えぇっと、この配信見てて体調悪くなったりする人もいるんでぇ、視聴は自己責任でお願いしまぁっす……わ、トンネルの中に入るとなんか生暖かい……」

足音だけをトンネルの壁や天井に反響させつつ進んでゆく中、唐突に『ピンポン』と甲高い通知音が一際大きい音でトンネルに刺さる。《まっちゃん》は思わず小さく声を上げて驚く。

「え？　LIVEのメッセージ？　ああ、みなさんすみません。サイレント設定にしてたと思ってたんですが、できてなかったみたいです。お聞き苦しくてすみません。っていうか、怖っ！　今来たメッセージ、文字化けしてるんですけどぉ。LIVEって文字化けするんですかぁ」

《まっちゃん》の話に、コメント欄でも【文字化けする派】と【文字化けしない派】に分かれていた。

……が、圧倒的に【文字化けする派】の数が少なく、言っている内容も曖昧《あいまい》だった。どうやら、怖がらせようとする視聴者の悪ふざけの香りがする。

「すみませーん、状況が状況だけに怖いのでちょっとLIVE確認しますねー。……うわ、本文も文字化けしてるとやん。うわうわうわ、なにこれ」

コメント欄には《どうしたの》と同意のコメントが寄せられる。《まっちゃん》は弱々しく笑いながら、相手からのメッセージなのになぜか【既読】の通知がついたことを話した。

「みなさぁん、心配してくれてありがとう〜。タイミング的に怖いけど、たぶんアプリ内のバグかなんかだと思うのでぇ、心配しなくて大丈夫ですぅ。それよりも、頑張ってあっちの出口まで歩きますよー」

男らしくそう宣言した《まっちゃん》は、ずんずん歩いてゆく。その歩みは先ほどよりも速い。できるだけ早く終わらせたいという《まっちゃん》の気持ちが伝わるような速度だ。

『目的地が設定されました』

《まっちゃん》の動きが止まり、少しの間が空く。手に持ったままのスマホから、ナビの開始を告げるアナウンスが唐突に鳴ったのだ。

「え？」

今自分が聞いたのはなにかの間違い……いや、気のせいなのではないかと疑った。

だが、微《かす》かにトンネル内にはアナウンスの女声が余韻を引き摺《ず》っている。

それすらも気のせいなのだと《まっちゃん》は思い込もうとしたが、これまでで一番激しく騒ぐコメント欄が、先ほどのソレが決して気のせいでないことを知らせた。

《今のなに？》《え、なんでナビが起動すんの！》《やばいやばいやばい！》《まっちゃん逃げて》《今すぐ帰ろう》《縺昴%縺ォ縺◆k繧薙〒縺吶。◆溘　莉翫。繧芽。後″縺さ縺吶◆》《神回だわこれ》《もう配信やめてそこから離れたほうがいいって！》《絶対危ないです。すごい危険な霊がうようよいますよ》

当然、当の本人にはこのコメントが追えるはずがない。

立て続けに襲う不可思議なスマホの不調にすっかりパニックになってしまったからだ。

「あ、あ、とんでちんことになってしまった……。怖いけん早く帰ろう、すぐにでちこぼ離れたか」

先ほどまでの言葉遣いは恐怖に塗りつぶされてしまったのか。地の言葉まるだしで混乱する《まっちゃん》は、スマホで状況を撮るのも忘れ全力で走った。

カメラが起動したままのスマホを握りしめて、来た道を引き返してゆく。

停めた車が見え、一瞬安心したところで《まっちゃん》はなにかにぶつかると、スマホだけが弾《はじ》け飛んだ。

「は……はああああああっ！」

飛ばされ落ちたスマホのカメラはトンネル入り口の壁際にぶつかり、《まっちゃん》の足下だけを辛うじて映した。

なにかに怯《おび》えながら悲鳴を上げているのが聞こえる。彼の靴があとずさりするのが映り、それを追い詰めるようにゆっくりと迫り歩く黒い靴。二つの足が画面の外に消えた直後。

「わああああっ……がっ、ばっはっ！　がぼ、ごぼぼ……！」

《まっちゃん》の身になにかあったのだと、嫌というほどに思い知らせる絶叫。

そして、口になにかを押し込まれたような苦しそうな濁音がトンネルの壁中に跳ね返る。

コメント欄が津波の如く流れてゆく中、唐突に映像が暗転し配信が終わってしまった。

この言葉と共に。

『おかわりありますか』

一〇月一九日
失踪《しっそう》した黒川が未《いま》だに見つかっていない中で、代わりに制作しようということになったオカルト特番。

坂口が強引に企画を通してしまったために、三緒と袋田はチームをそのまま引き継ぐ形になってしまった。坂口の指示で酷似した事件を調べるため、二人は資料室にいる。

三緒は企画書が通らないようにと願っていたが、そこは坂口の肝いりということで受理され、大した会議もしないままに素通りした。

かくして三緒の思いも虚《むな》しく、指示された通りに資料を漁《あさ》っている、というわけである。

三緒とは対照的に張り切ってやって来た袋田はというと、資料室のデスクで資料ファイルに顔を埋《うず》めたままいびきをかいて寝てしまった。

「まだ調べ始めて三、四時間しか経ってないじゃん……。もうほんと勘弁してよぉ」

三緒の悲しい独り言も無情なほどファイリングされている記事に吸い込まれてゆく。それは次に続くため息についても同じであった。

報道特番ではなくなったため、期限までにはそれなりの余裕はあった。しかし星の数ほどあるのではと勘繰るほどの夥《おびただ》しい事件資料を前に、三緒は如何《いか》に現実逃避ができるかということばかり考えている。

「はぁ、パンケーキ食べたい。アサイーが一杯のってて、焼きバナナが横に添えてあるやつ」

スイーツのことを考えるというのが、三緒の現実逃避の手段らしい。

目の前には眠っている袋田、それに資料室の資料と古いPC、ノート。

坂口にチームメンバー入りを任命された時は、自分の力が必要とされているのだと素直に喜んだ。

袋田はチャンスだという側面が強かったようだが、少なくとも三緒はそれが嬉《うれ》しかった。

精一杯期待に応《こた》えられるようにと、色々と頑張ってはいるのだが、今やっているこの仕事をふと俯瞰《ふかん》した時、やはり自分は新人の域から出ていないのではないかと思ってしまう。

今回の特集チームは、なにも三緒と袋田の二人きりではない。

他にも取材班、ロケ班などがそれぞれの準備を行いつつ情報収集をしている。チームの人数は全部で一一人。

その中でも自分は雑用のようなことしかやっていないではないか。そう彼女が思うのも無理はない。

「ああ、生チョコソフトも食べたいなぁ……そうだ、原宿《はらじゅく》のポップコーンも」

絶賛現実逃避中の彼女は、じゅるりと唾《つば》を呑《の》み込む。

妄想の中で食べきれないほどのスイーツを並べ、幸せそうに笑っていると突然、資料室のドアを激しく開ける音がした。

その音に三緒は無理矢理現実に引き戻される。振り向くと、同じチームの西村麻由美《にしむらまゆみ》が息を切らして立っていた。

「西村さん、どうかしたんですか？」

「ちょっと大事件よ朝倉！　袋田と一緒に会議室に来て」

三緒が返事をするのを待たず、西村は次の場所へと走って行った。

三緒は仕方なく袋田の肩を揺する。起こされた不快感で聞くに堪えない悪態を吐く袋田と共に会議室へと向かった。

「黒川が死んだ」

坂口の一言があまりに衝撃的で、三緒と袋田はネット回線の繋《つな》がりが悪いところで視聴した動画の如く、一瞬止まっては少し動き、少し動いてはまた一瞬止まるを繰り返す。

それだけ二人の動揺の大きさが窺《うかが》い知れる。

「ま……そんな反応になるわな」

煙草の煙を深く吸いこみ、同じくらいに深く吐く。坂口の表情は珍しく無表情で、そこからはなにも読み取れない。

……いや、もともとなにを考えているのかは分からないタイプの男だ。普段はコロコロと状況によりオーバーなほど表情や態度を変えているのに、今の坂口はそのような仮面をつける気もない、といった無表情だ。

もしかしたら、これが彼の素の顔なのかもしれない。

三緒の思考がそのまま空気中で化学変化を起こし、音声化してしまうのではないかと思ってしまうような、異常な緊迫感。

その緊迫感とは、坂口が二人に開示した黒川の死の情報だけではないはずだ。もう一口、煙草の煙を深く肺に吸い込む坂口から三緒は察した。

「死んだことも一大事だが、問題はそれだけじゃない」

一体なにを言おうとしているのか、なにかとんでもないことを言おうとしているのは分かるが、全く想像がつかないという恐怖。

普段ならばこんな状況であれば、隣の袋田の反応が気になって横目で窺うが、張り詰めた空気がそれすらも許さない。

聞いてはいけない。聞いてしまっては、後戻りなどできない。

だが、それから逃げられる術《すべ》も持たない丸裸の三緒に、坂口は口を開いた。

「黒川の死体な、顔をくりぬかれていたらしい。くりぬかれた顔は見つかっていない」

これまで坂口の口から聞いたどの業務通達よりも冷たく、感情のこもっていない口調。さすがの袋田もこの事態に口を挟むことはしなかった。そしてそれは、三緒も同様だ。

「ここまで言えばもう分かると思うが、路線変更で継続するつもりだった今回の企画も悪いが白紙だ。二転三転して状況が変わった末の判断だ。悪いな」

悪いな、という最後の言葉に坂口本人も参っているのだと二人は気付く。返事も「分かりました」としか言えなかった。

自分たちに対して強引に、時に暴力的に扱うことがあっても、坂口が「悪いな」だなんて謝罪の言葉をかけてきたのは初めてだった。

それだけに今回の企画白紙は仕方がないことだと、納得せざるを得なかった。


その日の夜、三緒は珍しく袋田から誘われて焼き鳥屋に来ていた。三緒も普段ならば断っていたが、この日ばかりは心境は同じだと思い誘いに乗ったのだ。

袋田は店に入るなり、三緒の好みや食べられないものも聞かず好き勝手なものを注文し、すぐにテーブルは食べきれないほどの料理が並んだ。そしてその状況が完成するや否や、三緒が耳を疑うような言葉をテーブルの中央に置く。

「あ、食べきれなくて残しても全然いいけど、割り勘だから損するのお前だからな」

まず一つめに、《奢《おご》りじゃないの？》という点。そして二つめに《飲み物しか好きなもの頼んでいない》という不満が三緒の疲れた脳を刺激した。

——私は後輩で、誘われた側なのに、奢るどころか勝手に好きなもの頼んで割り勘？　別に奢ってほしいなんて思ってないし、出すつもりできたけどこんな失礼な言い方ってある？

三緒の体内から破裂しそうになっている不平・不満。悪気がないのだけが救いだと思っていたが、こうなってくるともはや《悪意がないことが悪意》と憤った。

「あの、袋田さん！」

「言うな、分かってる」

堪忍袋の緒が切れ、今回ばかりは言ってやろうと開口した三緒に被《かぶ》せて、袋田が彼女よりも一つ大きな声で言った。

そして、テーブルの中央の皿に盛りつけられたつくね串《ぐし》を三緒に差し出す。

「食っていいぜ。一本、欲しかったんだろ？」

この日以来、三緒は袋田のことを《ああ、この人本当にアホなんだな》と本格的に馬鹿にするようになった。無論、心の中では……の話だが。

しかし、わざわざ眉《まゆ》を御椀《おわん》の輪郭のように上げて、つくね串を手渡してきた袋田の好意はひとまず受け入れよう。三緒は長い夜になりそうだと二杯目のハイボールを注文した。

「全くよォ、黒川死んだくらいで企画潰《つぶ》してんじゃねぇよ！」

「ちょっと袋田さん、いくらなんでも不謹慎ですって！　もうちょっとオブラートに包めないんですか！」

「なんだようるっせぇな！　ぐちぐちぐちぐちと、お前は俺のおふくろかよ！」

袋田は三緒にあげると言ったはずのつくねに食いつき、頬張りながら持論を展開してゆく。

「人が死んで不謹慎とか、普通の奴とおんなじこと言ってんじゃねぇよ！　俺らは番組を作って、納品して、視聴者に喜ばれてなんぼなんだ。真実とか嘘とか、そんなもんは見てる奴が決めればいいんだよ。黒川だってどんな死に方しようが、それをパフォーマンスにしねぇと真実の重みなんか分かんねぇだろうが。どんだけお前みたいな奴が、人の死を扱うことがいいや悪いや言ったところで毎日もれなく人は死んでるんだ。紛争や事故、病気で毎日毎日めっちゃくちゃ死にまくってんのに、なんで殺された奴だけ特別扱いしなきゃなんねぇんだよ、ボケ」

まくし立てる袋田の言葉の嵐に、三緒は口を半開きにする。なにか袋田を言い負かす言葉を探すが出てこず、餌を求める池の鯉の如く口をパクパクさせていた。

そんな三緒に、袋田は「ほら言い返せねえだろ。俺の言ってるのが真理だ」とせせりにかぶりつき、店員にから揚げとビールを追加で注文した。

さらに「食わないならもらうぞ」と三緒の手前に置かれた手羽先を奪ってかぶりついた。

「食べてばっか……」

「悪いかよ、むしゃくしゃした時は食って飲んで寝るに限るんだ。お前も食えよ。あ、もしかして体重とか気にしてる感じか？　心配すんな、誰も見てないよお前みたいな根暗女」

「はあ？　なんで私が袋田さんにそんなこと言われなきゃいけないんですか！　私のこと誰も見てないとか言って、彼女できたこともない袋田さんに言われたくないです！」

袋田のかぶりつく手が止まり、少しの沈黙。黙ったまま顔を上げると三緒を鋭い目で睨《にら》みつけ、拳《こぶし》でテーブルを叩《たた》く。

「な、なんですか！」

「お前、誰から聞いた！　俺が彼女いたことないって、誰に聞いた！」

「え、本当にいなかったんですか！　……引くわ～」

不快と軽蔑《けいべつ》を向けた表情と眼差《まなざ》しに、袋田は耳まで顔を真っ赤に染めた。だがそれも一瞬で、三緒の言ったことなど聞こえないとばかり一心不乱に料理を頬張り始める。

「どうでもいいけどよ、お前これ見たか」

袋田は料理をビールで流し込み一呼吸おくと、自らのスマホの画面を見せた。三緒の手前まで滑らせたスマホの画面と袋田の顔を交互に覗《のぞ》き込んでいると、なんだよ、と不機嫌そうに言い投げられる。

「あ、いえ。スマホを取った瞬間また、人のプライバシー勝手にガン見してんじゃねぇ！　とか言うんじゃないかって……」

「俺をなんだと思ってやがる。いいから見ろよ！」

——そんな風に見られるようになったのは、自分のせいでしょ……。

と心で呟《つぶや》いた言葉が無意識に口から飛び出していないか気をつけながら、三緒はおそるおそるスマホを手に取ると画面を見た。

だが画面には、特に珍しいものなどがあるわけではなく、ただニューストピックの見出しが並んでいるだけであった。

「なんですか？　ニュースを見ればいいんですか？」

「そこのネット配信者がどうこう書いている箇所があんだろうが」

袋田は軟骨のから揚げをぼりぼりと噛《か》み砕く音を立てながら、ぶっきらぼうに言う。

三緒が袋田の指摘する見出しを目で探すと、上から三番目の目立つ部分にそれはあった。

「《人気ネット配信者、心霊配信中に行方不明》……？　これですか」

「そうだ」

三緒は記事の中身に目を通す。ネット配信者が福岡県山中にある心霊スポットを実況しながら探検していたところ、千数百人の視聴している前で行方を眩《くら》ましたという。

SNSを中心に当時の状況を報告するユーザーが後を絶たず、そのどれもが【失踪《しっそう》】

ではなく【殺人】だったという意見で一致していた。

警察からは詳しい発表はないが、彼の配信をリアルタイムで見ていたという人物に取材したところ、「配信中に不可解な出来事が頻発し、黒い靴の人物になにか凶器で攻撃された」と話した……とある。

「千数百人の目の前で失踪……、いや殺し？」

「どっちだっていいんだ。黒い靴の人物って気にならないか」

袋田はおそらく『黒川の靴が黒かった』と言いたいのだろう。だが、それで黒川との関連を疑うのはあまりにも安直すぎる。

この男は、先ほどのように真っ直ぐに真理を突くこともあるかと思えば、なにも考えていないのではないかと思うほど単純な面もある。

今のところ、後者の比率が悲しくなるほどに高いが。

「黒川さん……の靴って言いたいんですか？」

そんな大方の見解を代弁するかのように、三緒が疑いの角度が見えるような物言いで袋田に聞く。

「馬鹿か。こう見えても俺は現実主義者だ。幽霊とか宇宙人とか、そんなもんは信じねぇ。恐竜はどこかで今も生きていると信じてるけどな。それ以外はこの目で見たものしか信用しねぇんだ」

「じゃあ、なにが言いたいんですか」

「さぁな。分からねーけど、なんか無関係だと思えねぇんだ。根拠はねえ。けど、この配信者の失踪と黒川の死体発見は同じ日だ」

「……お言葉ですが、さっき袋田さん自身が言ってたじゃないですか。毎日何人もなんらかの理由で人が死んでるって。だったら、黒川さんの死体発見とこの配信者の人が失踪したのが同じ日でも別になんの不思議もないんじゃないですか？」

「最後まで聞けよ根暗」

鶏皮餃子《とりかわギョーザ》にたれをつけつつ、袋田はつかなくていい悪態を返す。

袋田の口の悪さに堪忍袋の緒がきゅうきゅうと堅く締め付けられるのを感じながら、『この人はアホだから』と自分に言い聞かせ、三緒は耐えた。

「今日、坂口さんに呼ばれて会議室を出た後、納得できなくて坂口さんのところにもう一回行ったんだ。そんでさっきと同じく『黒川が死んだくらいで企画ポシャらせんな』って言ってやろうと思ったんだよ。そしたら、坂口さんが都テレの長尾さんと電話で話してるっぽい声が聞こえてよ。そん時に《黒川の死体が見つかった場所》を聞いちまったんだよな」

「黒川さんの遺体が発見された場所？」

「そうさ。黒川の死体が見つかったのは福岡県の山中。詳しくは公表されてないらしいが、間違いなくあの心霊スポットの近くだ」

心霊スポットというワードにごく最近聞き覚えのあった三緒は、その出所がどこだったのか、思考を手繰り寄せた。

時間にすれば大した秒間は経たず、三緒は「あっ」と短く声を上げる。

「心霊スポット配信……」

店員が最初に頼んだ釜《かま》めしを運んできたのと、袋田が「これも偶然だって思うか？　根暗」と言ってビールを飲み干したのは、ほぼ同時だった。

三　真壁駿《まかべしゅん》

一〇月二一日

黒川について聞くため、警察が三緒たちの勤める株式会社ポジットにやって来たのは、激しい雨の打ち付ける午後の事だった。

オカルト特番の制作中止については正式にまだ発表されていなかった。三緒と袋田たち特番チーム以外の社員は、それが決定したことも知らない中に刑事が訪ねて来たのである。

報道番組で使う素材の制作を請け負っているが、警察が来ることなど滅多にあることではない。

それだけに、社内はざわつきを蔓延《まんえん》させる。更にそれは三緒と袋田が呼ばれたことでピークに達した。

「警視庁捜査一課の真壁です」

簡単な自己紹介と、ドラマや再現ＶＴＲでしか見たことのない縦に開く警察証を前に、これが撮影でも小道具でもなく、本物なのだと三緒は知った。

三緒は特に緊張することなく黒川について聞かれたことを答えたが、袋田は見たことのないほど緊張していた。

よほど警察に対していい思い出も、いい印象もないのだと、三緒は彼の半生に関心がないなりに思った。

「ふむ、やはり接点はほとんどなさそうですね。ちなみに黒川さんにどういった取材協力を依頼したのですか？」

その質問になんと答えるべきか三緒は一瞬悩んだが、刑事相手に嘘を吐く訳にもいかない。袋田の狼狽《うろた》え方を見て余計にそう思った三緒は、正直に番組企画のことを話した。

「なるほど。黒川氏は各地で起きている猟奇殺人について有力な情報を持っている……、そう言っていたのですね。それで取材をする約束を取り付けた翌日に音信不通になった、と。ところで黒川氏はＬＩＶＥについてなにか言っていませんでしたか？」

「ＬＩＶＥ……ですか？」

全く予想もしていないＬＩＶＥという言葉に、「ちょっと分からないです」と三緒は答えた。

「ふむ、そうですか」

真壁は誰も信用していないと言っているような目つきのまま、口元だけを吊《つ》り上げて笑うと、ありがとうございますと礼を言った。

（……黒川さんもあの【顔くりぬき死体】で見つかったことを知っているから、こんな

表情しているのかな)

　邪推だと知りつつ、つい三緒は坂口から聞いた黒川の死体をイメージしてしまう。あまりにも残忍な手口の死体であるため、いくらイメージを膨らませても顔の部分だけはリアルに想像できない。

　三緒自身、それに助けられていると思ってはいたが、それでも猟奇殺人である凄惨《せいさん》な死体と、捕まっていない犯人。それに……。

「あの……今回の黒川さんの死も、他の事件と関係あるんでしょうか」

　真壁が目つきを変えて三緒を見ると、「他の事件?」と聞き返す。その一変した表情に三緒は言葉を喉元《のどもと》で詰まらせると、それ以上なにも言えなくなってしまった。

　真壁の表情の意味とはこうだ。

『なにか妙な情報を持っているのかもしれないが、無関係のお前たちが首を突っ込んでいい事件じゃない。番組で散々、警察を虚仮《こけ》にしてるくせにネタを取ることに関してはハイエナ同然だな』

　三緒がどれだけ理解できたかは分からないが、少なくとも『これ以上聞くな』という意思だけは、嫌と言うほど伝わってきた。

「いえ、なんでも」

　真壁は三緒の言葉にそうですか、と今度は目線を逸《そ》らして関心なげに答え、袋田だけを残して部屋を出ることを許された。

会議室から出てきた三緒に作業の片手間に注目する社員たち。誰もが彼女たちが担当していた題材がなんだったのかを知っているだけに、なにか洒落《しゃれ》にならないことが起こったのだと察しているようだった。

その好奇にも似た視線に耐えられなかった三緒は、それらから逃れるように資料室へ足を向けた。

心なしか歩く速度を上げた彼女の背中に、坂口の呼ぶ声が投げかけられる。振り返った先で坂口は頭を掻《か》きながら「初体験だったろ？」と笑う。

「坂口さん……、私、疲れちゃいました」

「だろうな。事件を追って警察と接することはあっても、事件の関係者として関わることなんて滅多にあるもんじゃあない。ごくろーさん」

遠回しに「いい経験をしたな」と言いたい坂口を恨めしく思う三緒だったが、ここまでのことはともあれ、これ以上は関わらないで済むと思うと少し気持ちが楽になった。

だが、状況が三緒を自由にしない。会議室で話を聞かれていた袋田が「真壁が呼んでいる」と呼びに来た時、嫌でも思い知ったのだった。

「すみませんね。聞きたいことは全部聞いたつもりだったのですが」

笑ってはいるが、先ほどの人を疑うことしかしない態度を知っている三緒は、素直に真壁と接する気にはなれなかった。

早くこの男から離れたいという本音を上手《うま》くごまかしながら、笑えているか笑えていないかあまり自覚できない作り笑顔で大丈夫ですよ、と答える。

「一つ、聞きたかったことが抜けていたのに気付きまして。いや恥ずかしい限りです。大したことではないのですが、お二人に見て頂きたいものがもう一点ありまして……」

真壁が取り出し、二人に見せたのは一冊の本。安い装丁と表紙、タイトルは【最恐スポットナビ】とあった。

「……？　なんですかこれ」

「見覚え、ないですかね？」

厚手のビニール袋に入ったその本は、表紙と裏表紙、それに背表紙のみが確認できるばかりで、中身を見ることはできなかった。だが、どこにでも売っていそうなその本に、三緒も袋田も特に見覚えもなければ、見たとしても印象に残るはずもない。

『目的地まで二八キロ。そのまま一二キロ道なりです』

唐突に真壁のポケットの中から鳴る、ナビゲーションのアナウンス。

それを三緒たちに聞かれた真壁は恥ずかしそうに笑むと、「なんか昨日から私のスマホがね、調子が悪いんです」と誰も聞いていないのに弁明をする。

「勝手にナビが始まっちゃって、困ってるんですよ。それよりもどうですか？　この本」

「すみません、ちょっと見たことないです」

「俺もないっすね。っていうかこれと似た本とかコンビニにすっげぇあるんで、分かんないっす」

聴き取りが終わった安心感からか、気付けば袋田はいつもの袋田に戻っていて、三緒はとても残念な思いをした。

真壁も二人の答えを聞いて、収穫なしとばかりに少し残念そうな表情を浮かべる。そうですか、とだけ答えた。

「お時間取らせました。あとは上司の方に二、三お話を聞かせてもらって終わりなので、どうぞ仕事にお戻りください」

真壁に促されて、二人は立ち上がる。

だが、三緒は持ち場へ戻る際に、真壁のポケットから聞こえてきたナビゲーションのアナウンスがいつまでも耳に残った。

『目的地まで一六キロ。そのまま一四キロ道なりです』


真壁が帰った後、ポジットでは坂口が社員を集めた。改めて今回の顚末《てんまつ》と、企画を白紙にすること、三緒と袋田たちの特集チームも正式に解体されることも併せて発表した。

チームが解体されたことで、急に仕事がなくなった三緒は妙な虚脱感に苛《さいな》まれていた。

それでもお構いなしに同期の同僚・長谷部《はせべ》は「さっき、警察の奴になに聞かれたの？」と興味津々で尋ねてくる。

三緒の微妙な感情を表情から読み取れずに、ずかずかと長谷部は踏み込む。

隠しきれる話ではないので黒川の話をすると、思いのほか長谷部は表情を輝かせ、さらに三緒と距離を詰めた。

「やだ、マジで？　超怖いじゃん！　え、え、じゃあ顔くりぬき事件ってまだ続くのかな」

人の気も知らず、長谷部ははしゃいでいる。三緒は話をそらそうと辺りを見渡す。すると、向かいのデスクでスマホを操作する他の同僚が目に入る。

「あのさ、スマホでナビが勝手に起動することなんてある？」

三緒に聴き取りの様子を尋ねている途中だった長谷部は、少しだけ不機嫌そうな顔をする。だが三緒が見ている同僚の様子を見て、

「ああ、まぁなくはないんじゃない？　タッチパネルだしミスタッチで起動することくらい。それよりさぁ……」

長谷部は軽く答えて本題に戻そうと質問を続ける。三緒はふぅんとだけ相槌《あいづち》を打つと、先ほどの真壁のスマホから聞こえたアナウンスを思い返していた。

一〇月二九日
「え～……と、あの捜査協力をお願いしたくて、ですね」
やけに間延びする言葉遣いの男がポジットを訪ねて来た。
妙に来客の多いここのところの状況に、社員の何人かが「またか……」と表情には出

さず溜《た》め息《いき》を吐く。しかも警察関係者が二人、だ。

しかし誰よりもげんなりしているのは、坂口を始めとした三緒たちのチームだった。

「なんだってチームを解体してるってのに、こう何度も何度も関わらなきゃなんねぇんだよ！　こっちのモチベーションも考えろってんだ！」

警察が来ると決まっていつも機嫌が悪くなる袋田に、三緒も同調したように機嫌を悪くする。実際のところ、プロジェクトが白紙になったからといってその時点で終了というわけではない。事後整理というものがあるのだ。

更に今回のプロジェクトで異例の抜擢《ばってき》を受けたとはいえ、社歴の浅さが変わるはずでもない。事後整理や片付けに関する作業はやはり三緒や袋田の仕事。

チームに属していた他の先輩たちは既に別の業務に配置されていて、彼ら二人だけが解体された後も無関係を決め込めないでいた。

だから余計に三緒と袋田はげんなりしていた、というわけである。

「あ～どうもぉ、一課の市原《いちはら》ですぅ。すみませんねぇ、お仕事中に」

元々テンションが低かった三緒たちは、市原の間延びする口調にイラつきながら、黙って会釈をする。

「ついこの間、違う刑事さんが来ましたけど、同じ用件ですか？」

「え、ええ……いや、今日は黒川氏の事件でなくてですね……」

妙に歯切れの悪い物言いに三緒は首を傾げ、口数の少ない袋田は全て任せるつもりらしく、隣にはいるが一言も発することはなかった。

「ええっと、今日は坂口……という方はいらっしゃらないんですかねぇ」

坂口は企画会議で都テレに行っていると伝える。すると、市原は「そうですかそうですかぁ、そりゃあ残念ですねぇ」と言って、鼻を掻くと三緒と袋田を見る。じろじろではなく、盗み見するようにちらちらといったものだ。

居心地が悪い二人を余所《よそ》に市原は「それで……ですねぇ」と話を切り出した。

「前回こちらに伺った真壁についてなのですがぁ」

予想外の質問だった。てっきり二人は黒川の件で再度刑事がやって来たのだと思っていた。先ほどの市原の発言に三緒が首を傾げた通り、どうやら全くの別件らしい。

「真壁さんのことを聞きたい……ですか？　黒川さんのことじゃなくて、なぜ真壁さんのことを」

市原は三緒と袋田しかいない会議室をきょろきょろと見渡す。それから、わざわざ顔を近づけると小さな声で話す。

「あのぉ……他の社員さんには内緒でお願いしますよぉ？　先週伺った真壁の行方がですねぇ、分からないんですわ」

「行方が分からない？」

市原の言っている意味が分からなかった三緒は、同じ言葉で聞き返した。

「あの刑事さん、いなくなったってことっすか」

三緒と市原のやりとりに痺《しび》れを切らしたらしい袋田がストレートな言葉で聞き、反応を窺《うかが》うが、やはり市原は言いにくそうにごにょごにょと口籠《くちごも》る。

「まぁ、そういうことですな」

市原はその後、二人に真壁が来た時のことをいくつか聞いて帰った。時間にすればほんの一〇分もいなかっただろう。

だが市原が去った後、なんとも言えない空気だけが三緒と袋田の間に居座り、心地の悪い余韻を残していた。

会議室を出ると、オフィスに続く通路に社員らしき男がたまたま通りかかる。三緒と目が合うとなぜか近づいて来た。

わざわざ小声で「知ってますか？」などと話しかける男に、気持ちが沈んだままだった三緒は、なんの用かと生返事をすると男の話に耳を傾けた。

「前に来た真壁って刑事、もう死んでるらしいですよ」

思わず「ええっ！」と三緒は声を上げ、男を見た。

男は鼻の下にホクロのある特徴的な顔で、一重ののっぺりとした瞳《ひとみ》はどことなく暗く陰鬱《いんうつ》な印象を受ける。三緒が男に対してそんな感想を抱いたのと同時に、ひひ、と笑ったような気がした。

「なんでそんなこと知って……」

「朝倉ぁ、コンテ資料どこだぁ」

オフィスから先輩の声が三緒を呼び、「あ、はい！」とデスクのほうを向いて返事をする。すぐに顔を戻すと今いたはずの男の姿はなかった。

「あ、あれ？　どこ行ったんだろ」

右左と首を振り見回すが、あの男の姿はどこにもない。釈然としない気持ちで、三緒は自分を呼んだ先輩社員のところへと急いだ。


「なんだよ朝倉。なにボーッとしてんだ」

袋田の声に振り返ると、見慣れた憎たらしい顔があった。

先輩社員に求められた資料を渡した三緒は、自分のデスクの前で立ち尽くし物思いに耽《ふけ》っていたところを見とがめられたらしい。

話しかけられた三緒は、心ここにあらずだ。ふわふわ宙に浮いた返事をしながら先ほどの男の言ったことを思い出していた。

怪訝《けげん》な瞳で袋田が三緒を見ていると、彼女は急にデスクの下に落下したかのように椅子に腰を落とす。

それからインターネットの検索バーに【真壁　刑事　死亡】と打ち込みエンターキーを叩《たた》いた。

「……なにも、でない」

「は？　お前なにやってんだよ！　っていうかなに勝手に殺してんだ」

三緒は検索バーに入力した文字を消し、次は【刑事　死亡　一〇月二一日】と打ってみる。が、結果はやはり同じで、彼女の求めるような情報は一切上がってこなかった。

「やっぱり、気にし過ぎかぁ……」

「お前さっきから俺の事無視しやがってふざけんなよ！　なんだよ、なにを調べてやがんだ教えろバカ！」

「さっき見たことのない社員の男性に『真壁刑事が死んだ』って聞かされたんです。さっきの市原って刑事さんはいなくなったとしか言ってなかったのになんでかと思って、調べたんですけど……やっぱりデタラメだったみたいです」

「はあ？　お前まだそんなオバケなんてないさごっこやってやがんのかよ！　いい加減切り替えろ！　お前も俺も次の番組制作に関わらなきゃならねぇんだろうがよ」

その乱暴な言葉に対し、そうなんですけど、と返事をしようとする三緒を待たず、袋田はさっさと行ってしまった。

袋田のデスクは三緒から離れた場所にあるはずだが、なぜここにいたのだろうか？

……そんな遠回しで分かりづらい袋田の心配風も気にならないほど、三緒は気味の悪い予感に苛《さいな》まれた。

だが、この時三緒は気付いていなかった。

検索バー下に並んだニューストピックの中に、《人気動画配信者の男性 遺体で発見》という見出しが躍っていたということを。

四　松永誠也《まつながせいや》

一一月一日
二つ折りに畳めるタイプの携帯ゲーム機の画面に、銃を構える軍人風のゲームキャラクター。暗い街中を練り歩くキャラクターは、突然現れたゾンビに躊躇《ちゅうちょ》なく銃弾を撃ち込んだ。

赤黒い血が頭や胸から噴き出し、ゾンビは倒れ、入れ替わるように違うゾンビがキャラクター目がけて襲いかかってくる。だが次に現れたゾンビに対しても一連の流れをテンポよくこなし、すぐに文字通りの屍《しかばね》へと変える。少し進んでは、その繰り返し。

「誠也ー」

線香の香りがする広間からその名を呼ぶのは、ゾンビ殺しを楽しむキャラの分身であるプレイヤー、松永誠也の母親だ。その声に誠也はゲーム機を畳むと「はーい」と返事をし通路を走って行く。

「こら誠也！　走っちゃ駄目でしょ！」

「あ、ごめん」

誠也は黒い蝶ネクタイをつけたポロシャツ、チョッキ。それに黒の短パンにソックスと、子供の弔問服という格好をしている。

彼の背中越しには喪服の大人たちが一列に並び、焼香をしているのが見える。焼香の先には、男性の遺影写真と蓋《ふた》がきつく閉まった棺《ひつぎ》。そのすぐそばで喪服姿の女性が誠也に向けて手招きをしている。

「お母さん、なに?」

母親の下《もと》に誠也が走り寄り、用件を尋ねる。すると母はお辞儀するようにかがみ、誠也の目線まで顔の高さを合わせ、「ちょっとしばらく戻れないから、亮おじさんの部屋に行っときなさい」と言った。

誠也が「分かった」と返事をし、三階の奥にある部屋へと走った。

「走っちゃ駄目って言ってるでしょ!」

もはや母の注意も耳に入っていない誠也は、二階、三階と駆け上がると奥の部屋のドアを開け、なにか面白いものがないかとキョロキョロと見渡す。

一言で言えば面白みのない部屋だった。

飾りっ気もなくベッドと最低限必要な家具や家電。そして、部屋に似つかわしくないほどの大きな本棚。

特別目につくようなものもないこの部屋で、本棚に誠也の足が向くのは自然なことだった。

棚にあるのはホラー・オカルト関連の本がほとんどで、あとはコミック、雑誌。そしてホラー系のDVDやブルーレイなどが、所狭しと陳列されている。

一一歳の誠也にはあまり興味のあるものではなかったが、なにもすることがないのでどれか読みやすい本はないかと左端から右に向けて本を見てゆく。

「あっ、これ読みやすそう」

その中で一冊、小学生の彼でも読めそうな装丁の本を見つけ、背伸びをして手に取った。


葬儀の会場に使っている居間の奥の部屋で、故人である《松永亮》の弟、俊成《としなり》が他の親戚《しんせき》と一緒に酒を酌み交わしていた。故人を偲《しの》び、思い出話に盛り上がる。共に過ごした実家生活でのエピソードや、性格などできるだけ明るく盛り上がれる話ばかり。そんな話でもしておかなければ、悲しみと悔しさでおかしくなりそうだった。

それはこの弟だけに限らず、親戚たちにしても同様である。

誠也の母親が受付をしていた会場では、すすり泣く声が絶えまなく響き、固く閉ざされた棺からは故人を拝むことすらできない状態だった。

葬儀に訪れた大半が棺の中の遺体がどのようになっているのかを知らないため、弔問客のほとんどが普通の葬儀だと思っていたに違いない。

俊成と親族の数名だけが、棺の中の亮がどんな状態なのかを知っていた。

だからこそ、俊成は酒の力を借りなければ叫び出してしまいそうになっていたのだ。

そこへ俊成の息子・誠也が小走りでやって来て、俊成に一冊の本を差し出した。

「ねぇ、これ怖い？」

息子が持って来た本を見て、俊成は一度大きな声で笑った後、「これは全然怖くないから大丈夫だ」と言って、場にいた連中にそれを見せた。

【最恐スポットナビ】

「こんな気味の悪い本ばっかり読んでるから、死ぬまで嫁の一人も見つからなかったんだよなぁ」

俊成のコメントに、場にいる親戚の面々が笑った。

「読んでいい？」

誠也の問いに、いいぞ！　と必要以上に明るく言い放つと、空になったコップに日本酒を並々《なみなみ》と注ぎ、底を鳴らして一升瓶をテーブルに置く。

「こんな本買ったり、ネットで調べたりして、わざわざ幽霊が出るような場所に行ったり……。ほどほどでやめないから、死んじまうんだ」

言いきった直後に、コップの日本酒を飲み干して大きく酒臭い息を吐いた。

「不謹慎だから止めなって。ここどこだか分かってんでしょ」

「そうだぞ、お前の気持ちは分かるけどな。故人に向けて言うことじゃないだろう」

そんな俊成に向けて席の人間が口々に言う。

「……だから早く結婚しちまえばよかったんだよ。独身のままだったから好きなことばっかしてよぉ」

「女の人にもあんまり興味なさそうだったしねぇ」

「WEBの仕事かなんかで閉じこもった仕事して、しかもそこそこ稼いでたからそれでよかったんだろ。それにしたってあんな死に方……」

沈黙が場に蔓延《まんえん》し、黒い闇が透明な日本酒に染み込んでしまうのではないかと思うほど、暗い雰囲気が漂う。

「警察はなんて？」

「検死の結果、生きたまま顔を抉《えぐ》られたらしい」

闇に染まらないコップの底を叩き、投げやりに俊成は言った。

もうずいぶんと酔いが回っているようだ。しかし、そんなことよりも彼の周りにいた者は衝撃的な告白に、顔を青くして押し黙るしかなかった。

「兄貴はな、生きながら顔に園芸用のシャベルをぶっ刺されて顔をまるごと抉り取られたんだとよ！」

「え、園芸用シャベル？」

俊成の口から訳の分からない単語が飛び出し、向かいに座った親戚の男が思わず聞いてしまった。

「ああ、警察には口外しないように言われてたんだけどな。兄貴の顔を抉り取るのに使った凶器は園芸用の鉄のシャベルだったらしいんだ。警察のヤツによぉ、「顔を確認してください」って言われても分かんねぇんだわ。顔面がまるごと抉られてるから、鼻の下のホクロがあるかどうかもさ。顔がないから必死でこれは兄貴じゃねぇって思おうとしたんだぜ。でも家族だから分かっちまうんだよ……顔がなくても。報われないよな、そんな惨《むご》いことをできる人間がこの世にいるなんて。許せねぇ、マジで許せねぇ……」

固く握った拳《こぶし》で畳を思い切り叩《たた》いた振動で、俊成の瞳《ひとみ》に溜《た》まった涙が涙袋から飛び降りるように太ももに落ちた。

黒いスーツのズボンに、湖のようなシミを広げ、それが悔しさと無念さを滲《にじ》ませていた。

そんな俊成の様子を見て、誰もがかける言葉を失う。だが、それ以上に園芸用シャベルで人の顔を抉り取ってしまう犯人の残酷さと異常さ、そしてその犯人が未《いま》だに捕まっていないという不安に言い知れぬ恐怖を覚えていた。

「俊成さん、あの……刑事さんが」

「なんだよ！　今日がどんな日か分かってんのか！　場所も選べねぇのかよ！」

俊成が大声で怒鳴ると、呼びに来た妻がなんとも言えない表情で眉《まゆ》を下げ「どうしたらいい？」と俊成に尋ねた。

「行くよ、行けばいいんだろ。いいか、俺が行くまでその刑事に敷居を跨《また》がすな！」

一升瓶からコップの三分の一ほど酒を注ぐと、それを一口で飲み干し、俊成は刑事が来ているという会場の外へと向かった。

俊成がいなくなった部屋では、残された親族たちが故人の死の謎について、怪談のように声を潜めて話し合っていた。


「ああ、どうもぉ」

松永亮の葬儀に訪ねて来たのは、数日前にポジットを訪れた市原刑事だった。

「あんた分かってるのか！　ここがどこで今、なにをやっているのか！」

感情を昂《たか》ぶらせた俊成が声を荒らげ、責め立てる。標的となった市原は背中を丸めて「申し訳ない」と謝りながら「すぐ終わりますんでぇ」と、会釈にしては深い角度で挨《あい》拶《さつ》をした。

「失礼無礼は承知でして……。私も警察ですんでねぇ、これから先に起こる事件を止めたいもんで」

俊成は市原を外の目立たない場所へと連れ出し、できるだけ声を抑える。

「それで、兄貴の顔は見つかったのか」

酒が彼の昂ぶりを手伝い、言葉遣いの荒いまま質問すると、市原は首を横に振った。

「いいぇ、それがさっぱりでしてぇ」

「さっぱりってあんた、それでよく警察だとか次の事件を止めたいとか言えたもんだな！」

「そんなに脅かさないでください。お兄さんのためにも早く解決したいんですよぉ。ですんでね、お辛《つら》い心情だとは承知ですがぁ、ご協力をお願いに参ったわけなんですぅ」

俊成は市原に聞こえるように舌打ちをし、胸のポケットから煙草を出し一本咥《くわ》えるとライターを探した。

「どうぞぉ、よかったら」

俊成がライターを探しているのを察し、市原は自分のライターを出して火を点《つ》けてやった。俊成は少し微妙な表情で肺に煙を流し込む。

「二つ、聞きたいことがありまして」

そう前置きをし、市原は人を食ったような笑みで俊成を見つめると切り出す。

「お兄さんが発見された場所のことなんですがぁ」

「場所？　練馬《ねりま》じゃないのか」

「ええ、そうなんですがぁ……その、どうやって練馬に行ったのかが分からなくてですね」

俊成は警察から、兄の亮の遺体が発見されたのは東京の練馬だと聞かされていた。

俊成たち遺族は、なぜ福岡に住んでいる亮が練馬で発見されたのか分からないと警察に話していたが、結局なにかの事件に巻き込まれたのだという結論に至ったのだ。

「そりゃあ、犯人に拉致《らち》されたんじゃないのか」

「いやぁ、それにしては不自然でして……、あ、いや、というのもですね？　お兄さんの車が福岡の山中に停められたままということも不思議なんですが。まぁ、これは容疑者に連れ去られたって説明ができるといえばできるんですが」

「はあ？　それ以外になにがあるっていうんだ」

俊成の持つ煙草の煙を割るように市原は近づく。隣に立つと「靴がね、えらくくたびれてるんですよ」と、耳の近くでトーンを落として言った。

「靴が？　それがなにかおかしいのかよ」

「ええ、鑑識に調べてもらったらですねぇ、福岡にも東京にもない植物の葉だったり泥だったりが検出されましてねぇ。それにお兄さんの死亡推定時刻、一〇月二八日の未明ってご存知かと思いますが」

「かったるいな、言いたいことはさっさと言ってくれ」

「ええ、ええ、すみません。家族や同僚にもよく話が長いって言われますんでぇ。では簡潔にお話ししましょ。検死の結果と状況証拠などを照らし合わせた結果ですがねぇ、とても考えづらいんですが……。お兄さんどうやら福岡から東京まで歩いてきたみたいなんですよね」

俊成は思わず「はあ？」と大きな声で反応してしまい、言ってしまった後にこっちに注目する弔問客たちに「すみません、なにもありません」と手を翳《かざ》し、苦笑いをした。

「そんなことあるわけないだろう！　もしそれが本当だとしても、福岡から東京まで歩いて来た道中で、誰かしらに目撃されてるんじゃないのか」

「ええ、ええ、そうなんです。そこなんですよぉ。状況から見て福岡から東京まで歩いて来たとしか思えないのに、目撃証言もなければどこかのカメラに映ったということもなかった。一応、警察なんでねぇ、くまなく調べた結果なんですわ」

市原の話に、俊成はあり得ないと主張しつつも、実は彼自身もそこが引っかかっていたのだ。

亮が失踪《しっそう》したのは一〇月一二日の深夜。

死体発見まで二週間以上も空白があったのに、その足取りは摑《つか》めていない。

それなのに、縁もゆかりもない練馬という場所で、亮が変わり果てた姿で発見された理由が分からなかった。当然、憶測として先ほど俊成が話したように、『第三者に連れ去られた』という説が有力とされていたものの、もし市原が言うように『東京まで歩いて来た』とするなら、全くつじつまが合わなくなる。

「あまり捜査中にあれこれ情報開示するのは好ましくないんですがねぇ、私としても早く糸口を摑みたいものですから……。

それともうひとつお教えしますよ？　是非ともご内密にお願いしますよ？　実はお兄さんの死亡した日は一〇月二八日で間違いないんですが、顔が抉られたのは傷の傷み具合から見て、どうやらそれよりも二週間ほど前……おそらく、失踪したとされる一二日である可能性が非常に高いんですよねぇ」

俊成の脳裏に、このところ世間をにぎわせている例の事件と、亮が失踪した日に行っていた【心霊スポット配信】が紐《ひも》付けられた。

体中から血の気が引き、背筋に寒気がするのを感じた。

信じたくはないが、なにかそういった超常的な理由で兄は死んだのではないか？　事件性というよりそちらのほうに気持ちが傾きかけてきていたのだ。

「その様子ですと、弟さんも心当たりはなさそうですねぇ……残念。では、申し訳ありませんがもうひとつ……」

俊成の反応に収穫が見込めないことを察すると、市原は胸から一枚の写真を取り出し俊成に渡した。

「この人なんですがね？　ご存知ないですかぁ？」

その写真に写っていたのは、失踪している市原の同僚・真壁の姿だった。

「誰だこれ？　知らないな」

「あらま、そうですかぁ……」

市原の反応を見る限り、亮が福岡―東京間を歩いて来たという問題よりも、真壁の件のほうが本命の質問だったようだ。

「あの……すみません。わざわざ来てくれたのに……」

市原が自分に外部に漏らしてはならないような情報を教えてくれただけでなく、このためだけに東京から来たのだと気付き、態度を改めて陳謝した。

市原は頭を下げた俊成を見て、両手の平をぷらぷらと振り「いやぁ、頭上げてください。失礼してるのは私ですからぁ」と恐縮した。

「いえ、偏屈だったけど、俺にとっちゃいい兄貴だったんです。そんな兄貴や、俺らみたいな残されたもんのためにわざわざ来てくれたってのに……酔ってたからって、色々失礼言ってすみません」

市原は自分よりも低い位置にある俊成の背中に、謙遜《けんそん》の言葉を乗せようとする。だが俊成が頭を下げながら泣いているのに気付き、あえてそれ以上はなにも言わなかった。彼は彼なりに家族の理不尽な死に深い悲しみを抱いている、小さく無力な小市民なのだ。

それは、国家公務員であるということ以外、市原も同じだった。

同じように彼も同僚の死を悼みつつも、万が一の彼の生存を信じて単独でも捜査を続ける、小さな人間。

ただ、一市民よりも行使する力を持っている。市原はそれを最大限に利用し仲間を助けたかった。

市原という人間の本質がそういった気質だということは、ごく近い人間しか知らない。例えば、真壁駿がそうだ。

「じゃあ、すみませぇん。私はこれで……。お兄さんがあんな形で亡くなられてご傷心の最中に、申し訳ない」

葬儀の最中に押しかけてしまったことについては悪いとは思っていない市原だったが、

全く別のところで俊成に対し申し訳ないことをしたと思っていた。

なぜなら、真壁の件についてはほとんど公私混同で調べているからである。だが思わぬ方向で誤解させてしまった。それがどうしようもなく市原の心を締めつけたのだ。

「お父さーん」

背後から呼ぶ少年の声に、俊成は慌てて涙を拭《ぬぐ》うと「息子です」と市原に紹介する。やって来た誠也の背中を撫《な》でると「挨拶《あいさつ》しなさい」と促す。

「こんにちは」

「ああこんにちは。賢そうな坊ちゃんですなぁ」

「ううん、僕国語しか得意じゃないから全然賢くないよ」

市原がそうかい？　と笑顔で相槌《あいづち》を打ち、それじゃあと背を向けようとした時、誠也の持っていた本が目に入った。

「怖そうな本を読んでいるんだね。えぇっと、【最恐スポットナビ】……？」

「ああ、うちの兄貴、ネットで心霊スポット探索とか実況するくらいオカルトマニアで。部屋の中もこんな本ばっかりなんですよ」

それはそれは……と返し、市原は亮の遺影に向かって深いお辞儀をすると松永家を後にした。

「あのさ、ここの漢字なんて読むの？」

誠也は最恐スポットナビを開き、俊成にとあるページの一文を指差す。

「ん、なんだ？【夜葬】？やそうって読むんだと思うぞ」

「やそう？ふぅん」

『♪』

最初に通知音が鳴ったのは、誠也のスマホだった。今時は小学五年生にもなるとそのくらいは持っている。

誠也がスマホをポケットから取り出したのとほぼ同時に、俊成のスマホからもＬＩＶＥの通知音が鳴った。

「なんだろうこれ。お父さん見てよ」

「ちょっと待て、俺のを見てからだ」

俊成のスマホに送られて来たメッセージは、《縺昴%縺ｫ縺�k繧薙〒縺吶。�溘　莉翫。繧芽。後〃縺ｯ縺吶�》とあり、それに眉《まゆ》をひそめ「文字化け？」と首を傾げて見ているとすぐに【既読】がついた。

「お父さん、なんか中国語のメッセージが来て相手のメッセージなのに既読がついた」

誠也が横で、俊成に起こった現象と全く同じことを伝える。

俊成は隣のスマホ画面を覗《のぞ》き込む。そこには、自分と全く同じ《縺昴%縺ｫ縺�k繧薙〒縺吶。�溘　莉翫。繧芽。後〃縺ｯ縺吶�》の文字と、横に小さくついた既読の文字。

「なんだ？流行《はや》ってるのかよ。悪趣味なメールだ」

誠也のスマホは家族で同じ機種を使っているため、同じ通知音が鳴る。だから、近くで通知が鳴ると、どっちのスマホから聞こえたのかが分からなくなる。

『ポーン　目的地が設定されました』

だから、それが同時に鳴った時、二人とも同時にスマホを見たのだ。勝手に起動したナビの目的地は、俊成と誠也がいる松永家の住所。

出発地は、……【練馬】。


「俊成さん……あれ？」

先ほどまで俊成が親戚《しんせき》たちと酒を飲んでいた部屋に妻の幸実《ゆきみ》が入ると、そこに俊成の姿はなかった。ただ、俊成を除く面々が雑談をしながら酒を飲んでいる。

「ああ、俊成？　あいつはなんか誰か客が来たって玄関に行ったけどな」

あぐらをかき、ネクタイを緩めた男が幸実にそう教えてやると、隣に座っていた中年の女性が壁に掛けられた時計に目をやった。

「そういえば、もう結構経つのに戻ってきてないね。誠也くんも俊成さんのところに行くんだって、走って行ったけど。二人で抜け出して喫茶店でも行ったんじゃない？　子供にはお葬式なんて退屈だろうし」

幸実は女性の話を聞き、確かにその可能性もあると納得しながらも、好き勝手をしている夫と息子に対して多少の憤りを感じていた。なぜ自分ばかり会場で客の応対をさせられなければいけないのか。

そもそもこの部屋に来たのだって、義姉《あね》に俊成と交代して少し休めと言われたからだ。

「そうですか……。ありがとうございます」

廊下に出て誰も見ていないのを確かめると、幸実は怒気を含んだ溜《た》め息《いき》を細く吐いた。

二人がいないものかと玄関のほうへと向かう。

「あら？　靴……あるわね」

玄関には親戚が言った通り二人の姿はない。やはり外出したのだと思ったが、予想に反して彼らの靴は置いたままであった。

「中にいるのかしら」

外出したのではないと分かると、幸実の煮え始めた怒りは少し鎮まった。もう一度改めて捜そうと踵《きびす》を返し、奥へ戻ってゆく。

それほど古い家でもないので、歩く度に床がきしんだりすることはなかったものの、逆にその静けさが不気味に感じられる。

今日が曇天だということを抜きにしても、この家は昼間でも薄暗いのだ。幸実が夫の実家であるこの家が苦手なのもそのせいだった。

「休憩してもいいって言われても、あまり知らない人たちと話すのも気を遣うし……やっぱり、いいかな。疲れるけど、そのほうが精神的には楽かもしれないし」

薄暗い廊下の雰囲気が次第に幸実の気持ちを変えてゆき、二階へ続く階段まで着いた時にはすっかり休憩を取る気が失《う》せていた。

ただ、俊成には一言言ってやりたいと、家中を捜す。

やって来る弔問客の中には亮に起こった不可思議な悲劇を知る者もごく少数ながらいた。決まってそういう客たちはなんとも言えないような表情を浮かべる。

幸実もまた義兄《あに》の変死だけでも心労があるのに、弔問客のそんな表情に余計神経をすり減らしていた。

それだからこそ、休憩はいらずともせめて少しくらいは夫に一緒に挨拶をしてほしいという本音があったのだ。

「どこにいるの？　こんな日に誠也と遊んでいるとも思えないし」

ほとんどの部屋を捜したのに、俊成はおろか誠也も見当たらない。

靴がある以上、外出しているとは思えないが、どこにもいない。屋内を歩き回って行きついた三階の一番奥。

亮が生前使っていた部屋にさしかかると、ドアが少し開いている。

「俊成さん、誠也？」

ドアを開き中を覗き込むも、やはり誰もいない。誰もいないが、なぜか部屋の窓が全開になっており、肌触りの硬い寒風が幸実の袖《そで》の隙間から二の腕をこそばせる。

「雨が降ったらどうするのよ。誠也の仕業ね。お義兄《にい》さんの部屋に入るだけでも気味が悪いのに、変な問題起こしたりするのはごめんなんだから」

一方的に誠也のせいにすると、幸実は死人の部屋に入ることを躊躇《ちゅうちょ》しながらも、仕方なしに窓を閉めに向かった。

「本当に今にも降りそうな空ね……。早く帰りたいわ」

幸実はぼやきつつ窓に手をかけ、何気なく外を見下ろす。視界になにか一瞬足のようなものが見えた気がした。

思わず外を見渡すと、足が見えた気がする場所に目を凝らしてみる。

やはり気のせいではなく、隣の家の庭木の陰に倒れている人の足があった。

幸実は一瞬、それが誠也のものではないかと思ったが、よくよく見ると誠也にしては足が大きい。では俊成か、とも思ったが見覚えのない靴から彼ではないと確信する。

だが二人ではないにせよ、人が倒れていることには変わらない。

「え！　誰か倒れてる？　……誰か、誰か！」

三階の窓から身を乗り出し、幸実は大声で呼びかける。

すぐに隣の家から幸実の声を聞いた住人が外に出て来て、倒れている人物を見つけ駆け寄ってゆく。そして、直後。

「うわあああああ！」

住人の壁を割るような悲鳴が、住宅地を駆け抜けた。

同日
市原が福岡県近郊の病院に到着したのは、幸実が人の足を発見した七時間後の二二時。

検死が行われる前だったが、持ち物からほぼそれが誰なのか特定されていたのだ。

連絡を受けた市原はそのことも当然聞いていたから、取り調べ先から急いで駆け付けたのだ。

「えっと、警視庁の市原刑事？」

「ええ、ええ、私が市原ですぅ……、でそのぉ、松永氏宅付近で発見された死体というのは……」

「ご案内します」

通された部屋では、ステンレスの寝台に横たわる死体に全体を覆うように白いシーツが被《かぶ》されていた。その光景をよく知る市原は、やはり慣れた様子で頭部付近のシーツをめくった。

「かわいそうに、痛かっただろぉ？　……真壁」

市原の目には在りし日の真壁が映っていたが、実際の死体の頭部……いや、顔面は額から顎《あご》にかけてごっそりと円形に抉《えぐ》られ、後頭部の頭蓋《ずがい》だけがぼんやりと白い骨を覗かせていた。

誰が見ても異常な死体。誰が見ても誰か分からないような有様の死体を、事前に聞いていたとはいえ市原は一目で理解した。

「こちらが所持していたものです」

福岡県警の刑事が市原に渡したものは、警察証。それを開くと、真壁の写真と名前が記されていた。

それを見て市原は重石《おもし》を載せられたように両の眉《まゆ》をずんと下げ、深く悲しい表情を浮かべた。

「まだ、本人と確定したわけではありませんが……」

「いえ、これはぁ……真壁です。長い付き合いですからねぇ、分かるんですよ私」

「………」

市原の言葉に口をつぐんだ福岡県警の刑事は、できるだけその沈んだ背中を見ないように努め、うつむき加減で押し黙る。なんと声をかければよいか分からないのだ。

「だが真壁、お手柄だぁ。お前のおかげで、バラバラだと思われていた一連のこの事件が関係あるということがよく分かった」

「ほ、本当ですか」

市原の言葉に刑事が反応し、思わず無粋な真似をしたと自らの口元を押さえる。

「ええ、ええ、そうなんです。前回の黒川敬介氏の死体は福岡のトンネル近く、その前は名古屋の中学生が渋谷で発見された。そして、福岡県に住んでいるはずの松永亮が練馬で発見され、その松永が住む実家のそばで真壁が見つかった……。どれも《新しい失踪《しっそう》者と入れ替わるように死体が見つかっている》んですねぇ」

「新しい失踪《そう》者と入れ替わって……る？」

刑事は市原の言葉を反芻《はんすう》したものの、その推測が常軌を逸脱しすぎていて理解がついていかない。ボイスレコーダーのように繰り返すのみだった。

「まぁ俄《にわ》かには信じられませんがねぇ、そう考えないと説明がつかないことが多いもんで……」

ようやく遅れて市原が言っていることの意味の尾を摑《つか》んだ刑事が、ハッとした様子で顔をあげる。見ないように努めていた市原の背中を見詰めながら「あの……」と切り出した。

「ええ、ええ。たぶん、松永家の誰かがいなくなったのでは？」

「は、はい……。松永俊成と、松永の長男・誠也が午後から行方が分からなくなっています」

ぺたん、と額に手の平をあて市原は苦しそうに唸《うな》った。固く目を瞑《つむ》り、歯を食いしばり悔しそうにして「あの二人……か」などと絞るように言う。

「既に失踪届も出ておりまして、職員が捜査に当たっています」

「せめてねぇ、なにか【失踪者が訪ねる条件】でも分かればなんとかなるかもしんないのにねぇ」

ぽっかりと穴が空いてしまった真壁の顔を見詰めながら、市原は思考を巡らせる。

あらゆる可能性がふっと浮いて出ては考え込む前に水泡のように弾《はじ》け、次の可能性がふわふわと浮かんでは消える。

そうしている内に市原は真壁の顔に空いた穴に吸い込まれそうな感覚を覚えた。

真壁の顔面の穴の断面、つまり凶器で抉られた部分は黒く乾き、カチカチになっていた。

だが、傷を除く大部分は綺麗《きれい》なもので素人目に見ても死んでから時間が経っていないように見える。なるほど全てが報告の通りだと思いながら、市原は真壁の顔の穴に問いかけた。

「なぁ、真壁。教えてくれ、お前は一体【なにをした】んだ？【なんで、顔のない失踪者に追われ、次の失踪者を追った】んだぁ？」

答えるはずもない真壁の屍《しかばね》を見つめる市原の後ろで、刑事が電話を耳に当てながら室外へと出てゆく。おそらく先ほど市原が話したことを上司に報告しているのだろう。

その時、市原と部屋に二人きりになるのを待っていたかのように、真壁の右腕がシーツから零《こぼ》れ、だらんと垂れた。全く重力に逆らわないその様子に、市原は手を掴むとシーツの中に収めてやる。

「ん、これぁ……」

真壁の手を掴んだ際、市原は薄い紙の破片のような感触に気付き、自らの手の平を開いて見た。

人差し指の腹に微《かす》かに付着した錆《さ》び色の破片。それを摘《つ》まんで剝《は》がしてみると、錆び色の破片の裏面は、光沢のある青色だった。公園などで時折見かける古い遊具に触れた際に、ペンキが剝がれて手に付くことがある。

それがなんなのか分からなかったが、一見してそれに酷似していると思ったのだ。

「手の平についていたってことはぁ、これを握っていたってことかぁ？」

「すみません、戻りました」

刑事は不思議そうに自分の手の平を見つめている市原に気付く。「どうかしたんですか？」と尋ねるが、市原は笑って首を振った。

「では、私はこれで……。真壁のこと、よろしくお願いしますねぇ」

刑事がかしこまってそれに答える前を横切り、市原は部屋を後にした。

五　青山有加里《あおやまゆかり》

一月四日　大阪

大阪城公園の中で白い息がリズミカルに宙にスタンプを付け、すぐに消える。

だがその白い息のスタンプは消えたそばから少し進んだ宙に現れ、消えてはまた少し進んだ宙に現れる。

もうひとつ、付け加えるならばリズミカルなのは、白い息のスタンプだけではない。

「ハッ……ハッ……ハッ……」

息を吐いた時の音もだ。地面を叩《たた》く足音で、早朝の公園を静寂から遠ざける人物は青山有加里といった。

身体を温め、なおかつ汗を吸うインナーの上からパーカーを着込み、スポーツ用のグラスを装着している。有加里は公園を歩く老人や、羽を休める鳩たちの前を通り過ぎたかと思うと、瞬く間にその背中を小さくしてゆく。

引き締まった足が代わる代わる滑車の様に回る姿は、さながら列車を連想させる。だが、美しいフォームでランニングをしているその姿が不意に失速し、左足を引き摺《ず》るように歩き始めた。左足の太ももあたりを摩《さす》りながら、それでもどこかに腰を下ろしたり、立ち止まったりしない姿勢に、強い意志が感じられる。

「く、ほんまやばい……大会までに治らんと洒落《しゃれ》ならんねんけど」

ひょこひょこと足を庇《かば》いながら歩く姿は、先ほどまでの颯爽《さっそう》とした雄姿からかけ離れた痛々しい姿だった。

有加里は家電メーカーの陸上部に在籍する長距離走選手で、成績は悪くない。だが特別良いというわけでもないので、表舞台で目立つこともあまりなかった。

「けど、大会まではまだ一ヵ月以上あるし、リハビリとか頑張ったらなんとかなるんちゃう？　……なんとか、なるって」

自分で問いかけ、自分で答える。

有加里はとあるマラソン大会が一月後に控えていて、それに向けてトレーニングをしている……のだが。さすっている太ももを見て察するに結果を出すのは容易ではない。

「ここで結果出さな、マジクビになるから……ほんま、あたしタイミング悪いわ……」

そう、有加里はここのところの実績が芳しくなかったのだ。実力が物を言う世界とはいえ、年下の後輩にもどんどん記録を追い抜かれ、大会に出場しても鳴かず飛ばずの成績。これが続いていては、自分の選手生命を危ぶむのも無理はない。

スポーツドクターにも診てもらっているが、やはり時間が治す、無理をするなとばかり言われ、堂々巡りもいいところだった。

「できることはぜんぶしゃんとあかんやんな」

大阪城が見下ろす園内路で、足を引き摺る孤独なランナーは白い溜《た》め息《いき》と一緒にそう呟《つぶや》いた。

家に戻った有加里はノートパソコンを開くと、インターネットでここ最近散々調べた検索ワードを打ち込む。そして出てきた候補を上から順番に閲覧していった。

どれもこれもが見たことのある情報ばかりで役には立たない。続けて、有名なスポーツドクターのいる病院を探してみるが、やはりこれも知っている情報で、空いていない予約、高い診察料ばかりが目についた。

パソコンを眺めていても新しい情報が見込めない。そう悟った有加里は、なにか他に新しいネタが仕入れられる場所がないものかと思考を巡らせた。

その時、パソコンの横に置いたスマホが振動し、メールが来たことを知らせる。

画面を確認するとＬＩＶＥのメッセージだった。

《大丈夫？　有加里、腐ってない？》

かわいい女の子のイラストスタンプと一緒に送られて来たのは、同期の仲間からのものだ。それに有加里は《もーほんまムカつく！　全然痛み抜けへんし、調べてできることは全部やったけど笑けるくらい効果もない〜！　なんか他にええ方法ないん？》と返した。

《そうなん？　めっちゃ大変やなぁ。役に立つか分からんけど、大阪に大きい図書館あ

ったやん。そういうところでもなんか見てみたら？》

「図書館〜？」

有加里はメッセージを見つめて文句っぽく音読する。

図書館でなにか新しい方法が見つかるとはとても思えなかった。しかし、自分で調べられることはやれるだけやってしまった有加里は、藁《わら》にも縋《すが》る思いだ。

普段ならば選択肢に入れることもしなかったそれに対し、前向きに考え始めた。

「そんな遠くもないしなぁ」

思い直した有加里は、ジャージから私服に着替えると図書館に向かうことにした。


「やっぱりこの格好にスニーカーはちゃうかったなぁ」

淡い水色の首元が少し開いたセーターと膝《ひざ》まであるキャメル色のスカートを見直す。足下だけ不釣合いな細身のスニーカーだ。

もちろん、足を気遣ってのセレクトだったが、近くだからといっていい加減なコーディネートで出て来てしまったことを有加里は後悔する。しかし図書館前まで着いてしまってはもう手遅れだ。

「まぁ、図書館なんかで誰とも会わんやろ」

そう自ら肩に言い訳を巻きつけると、有加里は館内へと入った。

中に入った有加里は書物の多さに驚き、思えば大阪の図書館に来たのが初めてだったと気付く。時折電気が走るような左足の痛みを庇いながら、純粋に感動に近い気持ちで本棚の間を歩いた。

「えっと、スポーツ……いや、医学書？　健康かな、うーどこにあるんやろ」

来たはいいものの、彼女が求める本はある意味特殊であるため、どこを探せばいいのか分からない。だがそんなことも言っていられない有加里は、思いあたるカテゴリーの本棚を探し回った。

「わあっ、お父さんこんなところに変な本あるよ！」

「どうした？　本当だ、こんなところに誰が置いたんだ」

喪服のような黒いスーツを着た中年の男性と、小学生らしき少年の背中があった。

彼らは有加里のすぐそばの棚を指差し、なにやら騒いでいる。

少年はこちらに背を向けていて、父親は少年の目線に合わせて屈《かが》んでいるためどちらの顔も確認できなかった。

二人の話からすると、どうやら棚に並んでいる本の中におかしなものがあるらしかった。

「………」

無意識に彼らの顔が気になり横目で確かめてみるが、親子はすぐに別の棚へと去ってしまった。

彼らが去った後、少しだけ気になった有加里は、二人が騒いでいた棚の前へと移動してみる。

本棚のカテゴリーを見てみると、【スポーツ・剣道、柔道、空手】とある。有加里がいた本棚は【スポーツ・陸上、体操、スキー】とあったので、棚の種類としては特におかしいとも思わなかったが、一体なにがあるのかと左端から背表紙を流し見してゆく。

【柔道整骨師になるまで】

【剣道の心得】

【大山《おおやま》流で分かる貫手《ぬきて》】

など同じスポーツ選手ながら、おそらくは一生手に取ることのない本が並んでいる。二段目、三段目と目を落としていく。

「ん、……これのこと言ってたんかな」

有加里の腰より少し高い位置、四段目に差しかかってすぐのところ。棚のカテゴリーに相応《ふさわ》しくない本が一冊並んでいた。

【最恐スポットナビ】

「わ、これ。めっちゃ怖い系の奴やん。絶対誰かのイタズラやわ」

好奇心でそれを取ると、パラパラと中身をめくってゆく。普段はあまり興味のない本だったが、こんなところにあればついつい目を通してしまう。

ここのところ足のことばかり考えていた有加里には、丁度いい息抜きになるかもしれないと思った。

「たまにはこんなん読んでストレス発散せなあかんかなー。いやいや、夜寝られへんくなったら余計ストレス溜まるって」

有加里は読むというよりも写真だけ流し見して、棚に戻すつもりだった。

しかし、パラパラとめくっていた途中で、強烈なインパクトのイラストが目に留まり思わずページを戻す。それは、顔をくりぬかれた【どんぶりさん】の記事だった。

「うっわ……これ絶対夢に出るやつや。やっぱ見んほうがよかったな。あたしはこんなことしてる場合ちゃうっちゅうねん」

見てしまったおぞましいイラストの余韻を引きずりながら、有加里は本を棚に戻すと目当てのものを再び探し始めた。

『♪』

ＬＩＶＥの通知音。

バイブ設定にしていなかったと有加里は焦る。スマホを出すとメッセージの内容も見ずバイブ設定にしてポケットにしまう。近くに人がいなかったことに安堵《あんど》の溜め息を吐くと、目的に関連した書籍を五冊借りた。

帰りのコンビニでお茶と水を買い込み自宅に戻ると、有加里はそれをコンビニ袋ごと冷蔵庫に入れる。

一本リビングへと持ち込み、じんなりと汗をかくペットボトルのキャップを開けて一口だけ口に含んだ。本を借りてきたはいいもののすぐに読み耽《ふけ》る気にもなれず、ひとまず持ち帰った本をカバンから出した。

「……あれ、これ」

借りた本は五冊なのに、カバンから出てきたのは六冊。一冊余分に多い。

それもそのはず、借りた記憶のある五冊ともう一冊は、【最恐スポットナビ】だったからだ。

「入れて……ない、やんね」

『♪』

ＬＩＶＥの通知音。だが有加里は、なぜこの本があるのか理由を思い出すのに夢中で無視をしていた。

「あそこの棚でこの本を取って、それでこの本はあそこでなんとなく目に入って、そんでこれはあそこの棚のとこにあって、そうこれもそこにあったやつやった。んで、えっと……これは」

やはり思い出せない有加里は、貸出レシートを確認する。

【貸出本：五冊】と確かに印字されており、一冊余分に入っていたのは自分の過失ではないということが分かった。

『♪』

それはそうとしても、あの棚に置いてきたこの気味の悪い本がなぜ、紛れ込んだのか。

考えれば考えるほど、有加里はいやな気分に陥ってゆく。

これがなにか別の本であればこんなにも気味の悪さを覚えなくて済んだはずなのに。本の内容が心霊系なのがまた質《たち》が悪い。

それに、表紙を見るだけで浮かぶ、あの顔に穴が空いたおぞましいイラストが頭をよぎり、図書館ならまだしも一人きりの自宅で開く気には到底なれなかった。

『♪』

三度目の通知音。そこでようやく有加里はLIVEの通知を確認しなければと意識が回り、カバンに入れっぱなしのスマホを探した。

だがスマホがどこかのポケットに入ってしまっているのか、なかなか見つからない。

『♪』

「もうなんなん！　しつこいって！」

どうせ相手はさっきの同期のはずだ。相談に乗ってくれたり、アドバイスをくれるのはありがたいが少しは放っておいてほしい。

そのように有加里は思いながら、イラつきを抑えてカバンを探す。

『♪』『♪』『♪』『♪』『♪』

今度は連続で何度も通知音が鳴り、まるで「早く見つけろ」とでも言っているように、

『♪』『♪』『♪』『♪』『♪』

「ああっ、分かったって！」

ついにイラだちを抑えきれず声に出した有加里は、ようやくスマホを見つけると画面を開いてLIVEを確認した。

《縺昴%縺ｫ縺�k繧薙〒縺吶。�溘　莉翫。繧芽。後″縺ｾ縺吶�》
《縺昴%縺ｫ縺�k繧薙〒縺吶。�溘　莉翫。繧芽。後″縺ｾ縺吶�》
《縺昴%縺ｫ縺�k繧薙〒縺吶。�溘　莉翫。繧芽。後″縺ｾ縺吶�》
《縺昴%縺ｫ縺�k繧薙〒縺吶。�溘　莉翫。繧芽。後″縺ｾ縺吶�》
《縺昴%縺ｫ縺�k繧薙〒縺吶。�溘　莉翫。繧芽。後″縺ｾ縺吶�》
《縺昴%縺ｫ縺�k繧薙〒縺吶。�溘　莉翫。繧芽。後″縺ｾ縺吶�》
《縺昴%縺ｫ縺�k繧薙〒縺吶。�溘　莉翫。繧芽。後″縺ｾ縺吶�》
《縺昴%縺ｫ縺�k繧薙〒縺吶。�溘　莉翫。繧芽。後″縺ｾ縺吶�》
《縺昴%縺ｫ縺�k繧薙〒縺吶。�溘　莉翫。繧芽。後″縺ｾ縺吶�》
《縺昴%縺ｫ縺�k繧薙〒縺吶。�溘　莉翫。繧芽。後″縺ｾ縺吶�》
《縺昴%縺ｫ縺�k繧薙〒縺吶。�溘　莉翫。繧芽。後″縺ｾ縺吶�》
《縺昴%縺ｫ縺�k繧薙〒縺吶。�溘　莉翫。繧芽。後″縺ｾ縺吶�》
《縺昴%縺ｫ縺�k繧薙〒縺吶。�溘　莉翫。繧芽。後″縺ｾ縺吶�》
《縺昴%縺ｫ縺�k繧薙〒縺吶。�溘　莉翫。繧芽。後″縺ｾ縺吶�》
《縺昴%縺ｫ縺�k繧薙〒縺吶。�溘　莉翫。繧芽。後″縺ｾ縺吶�》

「きゃああ！」

思わず叫び、腰を抜かした有加里はスマホを放り投げ恐怖に目を見開いた。

文字化けした列が連続して一五件表示された画面は、まるで呪いの言葉のように画面を埋め尽くし、それだけで見る者に拒絶するなにかを強いている。

全てのメッセージに対し、一斉に【既読】がついたが取り乱した有加里はそれに気付くはずもなかった。

「怖い、怖い、怖い！　なになになに、なんなん？　え、え、なにが……なにが起こってるん」

『目的地が設定されました』

「え？　え？　目的地？　ナビ……なんでぇ！」

『目的地まで直線で四八〇キロです』

震える手でスマホを返し、画面を見ると出発地は【福岡県】、そして目的地は自宅の住所になっていた。それを見た有加里は即座にそれが示す意味を悟り、さらに取り乱し叫ぶ。

「きゃぁあああ！　たす、たすけ……誰か……」

立ち上がろうとするも腰に力が入らず、故障している左足の痛みも手伝いペタペタと犬の様に四つん這《ば》いで玄関へと逃れようとした。

しかし、抜けている腰と、震える腕で上手《うま》く前へ進めない。有加里は涙を流しながら、ほんの数メートルしか離れていない玄関に手を伸ばし、一刻も早くこの場から離れたいと願う。

『まもなく五寸田《ごすでん》方面、右方向です』

「ぃやあっ！」

なにかが突然現れたわけではない。誰かが襲いかかったわけでもない。ただ、スマホが理解不能の状態になっているだけだ。

かと言って、呪いめいたボイスが鳴っているわけでも、カメラに謎の姿が映りこんだわけでもない。

文字化けしたメッセージが送られ、ナビが勝手に起動しただけなのだ。

それらが、なにもない普段の状態で起こったとするのならば、ここまで有加里は怖れなかったのかもしれない。だが、彼女のすぐそばには持ち帰ったはずのない【最恐スポットナビ】があった。

空間が部屋を暗くしている。

じめりと湿った空気がバスルームからシャンプーの匂いとともに有加里の頬を撫《な》でた。

その日常でありふれた全てが自分を殺す凶器になり得るかもしれない。少なくともなにかが迫ってきていることだけは確信していた。

異様に喉《のど》が渇き、喉の奥でねちゃりと粘度の高い唾《つば》が声を出すのを邪魔している。

少しずつ進み、辿《たど》り着いたドアノブを捻《ひね》って部屋の外へ出る。それに作業中の引っ越し業者の男が気付いた。

「どうかしましたか？　あの、大丈夫ですか？」

業者の男は大声で叫んでいるが、反して有加里に聞こえる声は対岸で呼ぶかのように遠く儚《はかな》げなものに聞こえる。

必死で呼びかけているのに、反対に有加里にはどんどんと遠くに聞こえ、やがてそれは聞こえなくなった。

「おい、救急車呼べ！　意識を失ったぞ！」


有加里が目を覚ましたのは、病院の一室。自分しか患者のいない、静かな病室だった。

「あ、青山さん。気が付かれましたか？　具合はどうですか、気分は悪くないですか」

有加里が目を覚ましたのにいち早く気付いたのは看護師の女性であった。慣れた様子で点滴の袋を確認し、「もうすぐ終わりますんで、そのまま寝ててくださいね」と笑った。

「あの……あたしって」

「ああ、ちょっと過呼吸の症状が出てまして、それで気を失ったのやと思います。苦しかったんちゃいますか？　もう大丈夫ですよ」

有加里は、そうですかとしか返事ができず仰《あおむ》向けで天井を見詰める。気を失う前の出来事がなにかの間違いだったのではないかと思い始めていた。

無理もない、ここのところのストレスで妙な夢を見たとしても。

そのように言い聞かせながら、有加里は自分を落ち着かせてゆく。目を閉じてあまりそのことは考えないようにしようと決めた。

「あ、ポケットの中にあったスマートフォン出しときましたよ。そこに置いてますけど点滴中は見ないようにしといてくださいね」

（――スマートフォン？）

一瞬にして、あの悪夢のような恐怖が蘇《よみがえ》る。自分自身の顔が引きつるのが分かったが、よくよく考えてみれば幻覚のようなものだったのかもしれないと思い直した。

今自分が意識を失って病院で点滴を受けている状況を鑑《かんが》みれば、むしろそうとしか思えなかった。

そう、疲れていたのだ。自分は疲労でありもしない夢を見てしまったのだ。

「目が覚めはったんで私はちょっと離れますね。点滴の袋が空になるまでそのまま動かんといてくださいね」

目を閉じたまま有加里は、はいとだけ答える。もう少し眠ろうと大きく息を吐いた。

『五キロ先、大河内《おおかわち》を右方向です』

真近くで聞こえたナビゲーションシステムの音声。

先ほどの看護師の言葉が有加里の意思に反して脳裏をよぎった。『ポケットの中にあったスマートフォン出しときましたよ』……、この言葉を聞いた時になぜ気付かなかったのか。

有加里は冷や汗でぐっしょりと濡《ぬ》れる額を拭《ぬぐ》うこともせず、ただただ後悔した。

彼女の戦慄《せんりつ》の理由は簡単だ。一つは、先ほど起こった部屋での出来事が夢ではないと、今のナビゲーションの音声で確かになったこと。

もう一つは、彼女が部屋から逃れるように飛び出したその時、スマホは確かに【家にあった】ということだ。

つまり、ここに持って来ているはずがない。ましてや、ポケットの中に入っていたなど、あり得ないのだ。

瞳《ひとみ》を開け、首だけを動かして見ると、枕横にあるテレビの台上に有加里のスマホが置かれていた。

『ポーン　このまま道なりです』

「わあああああっ！」

点滴の針が腕に刺さったまま有加里はベッドから飛び上がり、スマホを摑《つか》むと窓を開け外へと放り投げた。

点滴の針が刺さったまま折れたようで患部が痛んだが、そんなことにも構わず、ただ脅威が去ることだけを祈った。

「有加里！　どうしたの」

病室の窓からスマホを投げ捨てた後、有加里は友人である水沼夕季《みずぬまゆうき》の家を訪ねていた。

水曜日の午後ということもあり、不在かもしれないと思ったが、一度目のインターホンで夕季はドアを開けた。

有加里は青白い顔なのに汗だけは大量に掻《か》いている。その異常な姿に夕季は息を呑《の》む。

「夕季……ごめん、急に」

「ううん、全然いいけど。あがる？」

夕季は小さく頷《うなず》く有加里を部屋の奥へ勧め、彼女が土間で抜いだ靴を見る。

それは病院のスリッパだった。不審に思い有加里の名を呼ぶと左手に血が滴っているのが見えた。

「ちょっと有加里！　どうしたのその手！」

慌てて夕季は洗面所からタオルを取り、有加里の腕の血を拭《ふ》きながら傷を探す。

傷口はすぐに見つかったが、血が出ている患部には細い針が刺さったままだった。

「ええ！　なにこれ？　なにがあったのよ」

夕季はそう尋ねるが、有加里は「うん……」としか反応せず、毛抜きで針を抜かれている時も心ここにあらず、といった様子だった。

「あのさ」

有加里が不意に話を切り出す。夕季は薬箱からガーゼと消毒薬を取り出すと、手当てをして包帯を巻きながら、「なに？」と聞き返す。

汗は引いたものの、有加里は相変わらず顔色が青いままだ。いつものハキハキとした物言いが嘘のようにか細い声で言う。

「【どんぶりさん】って……知ってる?」

「どんぶり? どんぶりってあの御飯とか入れる丼《どんぶり》のこと?」

「うん……栃木の山奥にね、いるんだって【どんぶりさん】」

おかしなことを言うものだと思いながら、夕季は「それがどうしたの?」とさらに聞くが、有加里はそれ以上口を開かなかった。プライベートでなにかあったのかと察したものの、有加里がこの調子では余計頑《かたく》なになるだけだろう。

落ち着いてから聞こうと決め、なにか飲むかと有加里に尋ねる。だが返事がないので温かいコーヒーを淹《い》れてやろうとキッチンへと向かった。

『和歌山県に入りました』

「あれ、なに? 急にスマホが……」

テーブルに置きっぱなしの夕季のスマホからナビを告げる音声が発せられた。

それを目を丸く剝《む》きながら凝視している有加里。引いたはずの汗がまた額から噴き出す。彼女は心の中でこれは嘘だ、なにかの間違いだと必死で繰り返し続けた。

「どうしたの有加里?」

「そんな、絶対おかしい、間違いだって……そんなことあるわけ。だって、だって私のスマホは窓から捨てたし……」

有加里はスマホから離れようと、尻《しり》を引き摺《ず》りながら後ずさる。その目の前で、もう一度『ポーン』と鳴った。

『そのさき、岬町《みさきちょう》を右方向です』

「来てる、来てる、来てるぅ～！」

「有加里？　どうしたの、ねぇ有加里ってば！」

有加里の口元は引きつり、眉《まゆ》は中心を吊《つ》り上げられたかのように八の字になる。目玉が飛び出すのではと思うほど見開かれた瞳はまばたきを忘れ、乾ききった眼球は真っ赤に充血している。

有加里のあまりにも異常な姿に、夕季はなにかただ事ではないことが起こっているのだと感じた。彼女の肩を抱きながら「大丈夫、なにも来てない。来てないよ！」と耳元でなだめる。

有加里が一体なにに怯《おび》えているのか視線の先を追うと、なぜか自分のスマホに対してらしいということが分かる。急いで目の前のスマホの電源を切った。

「ほら、もう大丈夫。電源も切ったし、なんにも心配いらないって。ね？　私がいるから落ち着いて？」

「ふぅー……ふぅー……ふぅー……」

有加里は過呼吸気味に細い音を出しながら呼吸する。夕季がなんとか落ち着かせようと、優しい声をかけ続けるが、彼女は両手で顔を覆いながら変な呼吸をしているだけだった。

落ち着くには少し時間がかかると思いつつも、夕季は根気よく背中を叩《たた》いたり、頭を撫《な》でたりした。

明らかに怯えている有加里の体はぶるぶると震え続けている。なにに恐怖を感じているのか分からないまま夕季は大丈夫だ、と繰り返す。

そんな状態が二〇分ほど続き、なんとか有加里が飲み物に口を付けることができるくらいには回復した時だ。

『大阪府に入りました。目的地まであと四七キロ』

「えっ、電源切ったのになんで……？」

「ひぃいいいい！」

夕季の腕を振り払い、有加里は一目散に玄関へと走り素足のままで出て行ってしまった。

「有加里！」

ひっくり返ったコーヒーカップにも構わず、夕季は急いで有加里の後を追って外に出る。だがどこへ行ったのか有加里の姿は見当たらない。

エントランスからも名前を呼んでみるが、有加里の姿はどこにもなかった。

「一体なにがどうなってるの……有加里」

そう呟《つぶや》きながら夕季は自宅に再び戻り、自らのスマホを見た。

センターのボタンを押して、画面を表示させようとした時、異変に気付いた。何度押してても画面が表示されないのだ。もしや、と思い電源ボタンを長押《ながお》ししてみる。

「起動した。え、もしかしてちゃんと電源切れてたってこと？　でもさっき確かにナビが……え？　どうなってるの」

メーカーのロゴが中央に現れ、次第にホーム画面が現れる中、夕季は呆然《ぼうぜん》と立ち尽くしていた。

同日
「街角バンデッドぉ～！」

なんてことのないタイトルコール。それを独特の関西訛《なま》りのイントネーションで、お笑いタレントがカメラに向かって明るく張り上げた。

タレントは、「さて、はじまりましたっ」と話を続けながら大阪のとあるアーケード商店街を奥へ奥へと進んでゆく。

リポーターを後ろから追いかけるカメラマンの後ろで、三緒と袋田が人捌《は》けや通路の確保などを行っていた。この日、二人が大阪にいるのはロケのクルーとしてやって来たからだ。

あれから、今までの立ち位置に戻った二人は、チームを組んだという縁もありセットで行動させられることが多くなっていた（もちろん、坂口の独断である）。

番組制作の仕事では、各地方に出向くことも珍しくない。今回のロケは、大阪の地元商店街で新名物を発見するという趣旨の企画であった。

「お〜、おいしそうな匂いが漂いますねぇ。なんとも食欲を刺激しますねぇ」

リポーターに起用されているのは、一時期人気だったお笑いコンビの片割れで、大阪ではもっぱらこういったロケで活躍しているタレントだ。

地元大阪ではすっかり馴染《なじ》みの顔。そのため、アーケードを少し歩けばすぐに通行人に声をかけられる。タレントはそんな通行人と仲睦《なかむつ》まじげに話し、おいしいものの情報を聞き出してゆく。

「おお、さすがだなあ。やっぱ関西人は回すのうめぇわ。東京じゃ地元ロケなんて滅多にやらないしな」

「東京はよくクレーム入ってお蔵入りしますもんね」

二人は時折そういった話を交わしながら、撮影班を手伝いつつロケを見守った。

ずんずんと進みながら通行人と漫才さながらの掛け合いを繰り返すタレント。

入る店々にアポイントを取る三緒と、見物しにやって来たギャラリーに声をかける袋田。こうして見てみると意外といい感じのコンビなのかもしれない。

「おい、朝倉。あそこに座り込んでいる女どかしてこい」

「え、女の人……ですか？」

ディレクターがカメラの映像を見ながら三緒に指示を出す。

三緒がタレントの進んでゆく方向の先を注意深く見詰めてみると、一人の女性がシャッターの閉まった店舗に膝《ひざ》を抱えてうずくまっている。

その姿を確認した三緒は、小走りで女性の下まで走ってゆく。そばに寄ると、しゃがみこんで彼女の顔を覗《のぞ》きつつ話しかけた。

「あの……すみません。今テレビ番組の撮影中なんですが、……あの、どうかしました？」

本当なら『カメラに映っちゃうんで、すみませんがここをどいてもらえませんか？』と言うべきなのだが、三緒はうずくまったまま動かない女性を見て、そのようにしか言えなかった。だが女性は反応しない。

「おーい、朝倉ぁー。なにやってんだぁ！」

離れたところから叫ぶディレクターの声に、手を振って《待ってください》とジェスチャーをすると、もう少し距離を詰めて「あの、よかったら救急車呼びましょうか？」と聞いた。

だが相変わらず女性は微動だにしない。もしかして死んでいるのではと不安がよぎったが、呼吸に合わせて背中が一定のリズムで膨らんでは萎《しぼ》むのでそういうわけではなさそうだった。

この女性がどかないことには撮影が続けられない。困っていると突然ポケットにしまっていたスマホが震え、音声アナウンスが鳴った。

『まもなく天王寺《てんのうじ》を直進。七・七キロ先目的地周辺です』

「え、え？　これ……これって！」

覚えのないナビゲーション。しかも、自分がナビゲーションに従っているのではなく、向こうからやって来るナビアナウンス。咄嗟《とっさ》に三緒はスマホを取り出し画面を確認した。

画面を見ると、出発地は福岡、そして目的地はこの場所になっている。だが、目的地の名称は【縺ゅ繧薙�繧翫&繧�】と文字化けしていた。

三緒はそれを見て瞬間的に混乱に陥りそうになったが、辛うじてパニックにはならなかったのには理由がある。

「ぃいやあああああっ！」

しゃがみ込んだまま微動だにしなかった女性が急に立ち上がると、発狂したように頭をぶるんと上下に揺さぶり、叫びながら走り去って行ったからだ。

「え！　あの！」

突然の出来事にロケ班のメンバーは思わず女性の背を目で追い、三緒もただただ肝を抜かれたまま女性の背中を見詰めた。

意味不明で予想外の出来事に正気をほんの少しの時間失ったが、三緒はすぐに我に返った。先ほどアナウンスが鳴ったスマホを慌てて見てみると、ナビゲーションはなくなっており、通常の画面に落ち着いている。

「え……ナビが起動してない」

アプリの使用履歴を見ても、ナビは一度も使用していないことになっている。

この状況において、三緒の中に一つの仮説が浮上した。

「あの女性《ひと》が目的地だったってこと……？」

三緒は小さくなってゆく女性の背中を見詰める。その後ろでは、三緒の名をディレクターが叫んでいる。その声が聞こえない訳ではなかったが、なにかがカチン、とハマる感覚を覚えた三緒は反射的に走り出した。

「すいません、ちょっとあの人追いかけます！　袋田さん、あとお願いします！」

ディレクターと袋田の「はぁ？」という声が見事に重なる。その直後、袋田のふざけんな、という怒鳴り声が飛ぶが、なりふり構わず三緒は女性を追いかけた。


「ちょっと、あの女の人めちゃくちゃ足速い……全然追いつけないよぉ」

ぜぇぜぇと肩で息をしながら三緒の走る速度はどんどん遅くなってゆく。ペースが落ちない女性の背中を見詰めると届かない弱音を吐いた。

それもそのはずだ。三緒が追っていたのは有加里である。成績が振るっていないとはいえ、プロランナーに三緒が追いつけるはずもない。

「お前、ちょっとこれ持ってろ」

唐突になにかを胸に押し付けられ、反射的に三緒はそれを抱きとめた。

「え、これって靴……袋田さん！」

「これでも大学ん時はスプリンターだったんだよ」

いつの間にか追いついていた袋田はアーケード内で裸足《はだし》になると、有加里の背中目がけて思い切り駆けてゆく。自称スプリンターだけあって、ずんずんと距離が詰まる。

「ちょ……すごい！　袋田さんがんばれー！」

その姿に三緒は素直に感嘆の声を上げ、袋田の靴を振り回して応援を送った。

丁度、緩やかなカーブで二人の背中が見えなくなったのと同時に、袋田の声が響く。

「朝倉ぁ！　捕まえたぞぉ！」

袋田の声を聞いて思わず冷静になった三緒は、取り乱して走り去っただけの女性を捕まえても良かったのかと不安になった。

だが、【勝手に起動するナビゲーション】には心当たりがあったのだ。ひとつは黒川との別れ際に聞いたナビゲーション、次に真壁が訪ねて来た時のナビゲーション、そしてネット動画の闇として都市伝説化した松永の【配信動画】である。

黒川、真壁、松永と、全てが顔くりぬき死体で発見されている上に、【ナビゲーション】という共通した謎のツール。

三緒はそれ以上調べたわけではないが、これらが共通しているということは、なんらかの関連があるのではないかと常々思っていたのだ。

そこへまさにその【ナビゲーション】に追われている人間と出会った。

事件解決の糸口に、そしてなくなってしまった無念の特集復活のためにも、三緒はどうにか話を聞きたかったのだ。

「す、すみません……。でもなぜ逃げたんですか」

「いや、のいてや！　あたし、追いつかれてまうやん！　追いかけて来る！」

「おい、なに言ってんだこいつ。なんで捕まえたかったんだよ！」

袋田が取り乱して叫ぶ有加里を押さえながら、イライラしたように三緒に聞く。

『ポーン　このまま五キロ道なりで目的地周辺です』

今度は袋田のスマホからナビゲーションが起動し、アナウンスを告げる。鈍感な袋田は自分のスマホが鳴っていることには気付かず、三緒の返事を待っていた。

「いやあ！　来る、来るって！　離して、離してやあ！」

これだけ有加里が叫べば、嫌でも目立つ。次第に何事かと通行人や店の中から出てきた人が集まり、がやがやと事のなりゆきを眺めようとしている。

「えっと、私は東都テレビの番組制作を請け負っている株式会社ポジットの朝倉です！　それとこっちは袋田といいます。何事かは分かりませんが、もしこのナビゲーションから逃げているのなら、走って逃げるよりかタクシーで逃げませんか？　私たちも協力しますから！」

「おい、『こっちは袋田』って俺のが先輩だぞてめぇ！　それに勝手なこと言ってんじゃねぇって！」

「袋田さんはちょっと黙っててください！」

袋田は三緒の一喝に一瞬だが怯《ひる》む。なにか言いたげな口をへの字に結ぶと、不機嫌そうに黙った。

「どうしますか？　……協力する代わりにお話を聞かせてください」

三緒の真剣なまなざしと、得体の知れない【ナニカ】がほんの五キロ先にまでやって来ている現状を鑑《かんが》みて、有加里は少し落ち着きを取り戻した表情でゆっくりと一度頷《うなず》いた。

「すみませーん。実は私たちテレビ局の人間でして、撮影の一環だったんです。お騒がせして申し訳ありませんでしたー」

笑顔で周囲に集まって来たギャラリーに説明すると、三緒は有加里と一緒にタクシー乗り場へと向かいつつ、袋田のスマホを見た。

「南からこっちに来てるってことは私たちは北の方角に行けばいいってことですよね」

そう言ってタクシーに乗り込むと、三緒は運転手に向かって「とりあえず福井方面へお願いします」と注文した。

六　市原史一《いちはらふみかず》

一一月四日
市原の下に三緒から電話があったのは、日も暮れた一八時を過ぎた頃だった。

その時の市原はというと、丁度、真壁の指先についていたペンキ片が鑑識から返ってきたところで、その報告を聞いている最中であった。

市原の携帯電話は今時のスマホではなく、ガラケーと呼ばれる二つ折りタイプのものだ。スマホに興味がないのは、五〇歳も目前に見えてきた市原にとっては仕方のないことなのかもしれない。

「ああ、もしもし？　どちらさんですかねぇ……。朝倉さん？　ああ、制作会社でお話を聞いたお嬢さんですかぁ。どうされました、ええ……ええ！　そりゃあ本当ですか！」

いつもの間延びした喋《しゃべ》り方が、興奮のせいか切りのいい語尾になった。

肩と頬で携帯電話を挟みながら話す市原は、すぐさま手帳を取り出すとしきりになにか書きとめている。その度に「ええ、ええ」と相槌《あいづち》を打っている。

その様子に鑑識課員の男は、電話を切るのを見計らって、どうかしたんですかと尋ねた。

「収穫があったんだよぉ。私は今から大阪に行くから、この鑑識結果のことは伏せといてくれるかねぇ」

「それは市原さんの頼みですし、信頼してますから構いませんが……。それよりも単独でそんなに行動していいんですか？　上からまた目を付けられますよ」

へっへっへっ、と人懐っこく市原は笑うと鑑識課員の肩を叩《たた》き、小さなビニール袋に入ったそれを胸のポケットに入れ込む。

「いいんだよ、私にゃあもう出世は無縁の話さぁ。それよりも真壁の無念を晴らしてやらんとなぁ」

鑑識課員の男は猫背を丸めて去ってゆく背中に「市原さん……」と呼びかける。市原はそれに答えず、ぷらぷらと後ろ頭に手を振ると去って行った。

死んだ真壁駿は、市原が初めて持った部下だ。そして同時に最も長く同じ部署で働いた仲間でもあった。

真壁とはこのところ疎遠になっていたが、決して仲が悪かったから、というわけではない。彼が妻とあまりうまくいっていないという噂を聞いたため、できるだけ距離を置いていたからだ。

その気遣いを真壁自身もよく分かっていた。だから、環境が落ち着くまでは、ということで二人はできるだけ会わなかったのだ。

不器用な市原のことをよく知る真壁らしく、そして気を遣いやすい真壁のことをよく知る市原らしい関係の作り方だった。

結局、真壁は上手《うま》くいかず離婚してしまった。

そのことを聞いた市原が、近々飲みにでも行こうと誘ったところでのあの事件。

市原は顔には出さないが悔しさに身を焦がし、誰よりも強い意気込みでこの顔くりぬき事件と呼ばれる謎の猟奇殺人の解決に乗り出したというわけだ。

警察内部では、この事件に深く関わろうとしない動きがあり、各被害者の接点がないことから各地に模倣犯がいるのでは……という説に落ち着きつつある。世間での注目度の割には取り組みが薄いと思えた。

市原が単独で捜査をするのも無理はないと言える。それは警視庁内部の刑事たちも暗黙の下に見守っているのがそれを語っていた。

もっともそれは、黙認されているという意味ではない。

同僚たちは正直、この出口のない異常な事件に関わりたくない。上層部の人間もこれだけの死体が上がっているのに手がかりすらないこの事件を、別の理由をつけて風化させたい。

そういった実に自己中心的な観点からである。

市原とて、これまで刑事として第一線に立ち続けたベテランだ。理由はどうであれ、警視庁上層部の意向であればそれに従っていた。

だが、今回ばかりは別。被害者が同じ警視庁の仲間、それも自分を慕う部下なのだ。他にもいる事件の被害者を差し置いて、自分が動いている理由が私怨《しえん》であることを市原は重々承知の上だった。

それだけこの事件が憎く、真壁を救ってやれなかった自分も憎かったのだ。彼をよく知る署員だけが分かる、飄々《ひょうひょう》とした佇《たたず》まいから漏れる怒れる感情。

だから、彼らはなにも手を差し伸べられない代わりに口も出さないでいるのだ。

「それに、この事件は真壁が追っていたヤマさぁ……。中途半端じゃ刑事の名が折れるよなぁ。真壁」

パトカーの助手席に乗り込み駅へ行くように言うと、市原はそう独り言を吐いたのだった。

同日同時刻

レンタカーショップでタクシーからレンタカーに乗り換え、三緒たち三人は福井に差しかかろうとしていた。

袋田のスマホは途中までナビゲーションが起動していたが今は静かになっていた。こちらが車でどんどん距離を離しているからだろうと三緒たちは推測した。

有加里を追いかけている【ナニカ】の移動方法がなんであるかは分からないが、少なくとも車よりも遅い移動法でやってきているようだ。

道中で、なんとか落ち着いた有加里に話を聞かせてもらえるように頼む。するととても信じがたいような事の一部始終を二人に話してくれた。信じてもらえないと思いながら有加里は話したようだったが、思い当たる節のある三緒らは真剣にその話を聞き、珍しく袋田も話の途中で割り込んでくることはなかった。

「有加里さん、話してくれてありがとうございます。ということは、今その本はどこにあるんですか？」

真壁に見せられたものと、動画配信で映りこんだ本、その二つとおそらく同じものだと思われる【最恐スポットナビ】。それが今回の一連の事件のキーになるのだと三緒は確信した。

少し考え込んだ後、有加里はハッとした表情をして、三緒の肩を摑《つか》み声を震わせる。

「ど、どうしよう……あの本、たぶんあの子の家に置きっぱなしや」

「えっ？　病院からその友達の家に行った時に本を持ってたってことですか？」

「え……あ、ううん。持ってなかった。持ってなかったんやけど、あれ。なんであたし夕季の家にあれがあるって思ったんやろう」

釈然としない様子の有加里を見ながら三緒は、また震え始めている背中を撫《な》でてできるだけ優しい声でなだめた。

「大丈夫ですよ。有加里さんは私たちと一緒にいるから。このまま走り続けていれば追いつかれないってことも分かりましたし。それに知り合いの刑事さんに電話して、その友達に会ってきてもらいますから。それでもしそこにないようだったら、有加里さんの部屋に取りに行ってもらいます」

三緒の言葉に思わず涙ぐみながら、有加里は「ほんまに？」と確かめ大きく息を吐いた。

「なんであたしがこんな目に遭わなあかんのやろう……頑張ってるだけやのに」

そう言って泣き始める有加里を励ましながら、三緒は次に通ったコンビニに立ち寄ってもらうよう袋田に頼んだ。

「あ？　なんでだよ、止まったらヤバいんじゃねぇのか」

ずっと運転しながら黙っていただけに、三緒は袋田の声を久しぶりに聞いたような気がしつつも、「もう一〇〇キロ以上も離れているから少しくらい大丈夫ですよ」と言ってなにか口に入れるものが必要だとも話した。

「確かにまぁ、腹は減ったな。じゃあお前、お願いしますって言え」

「は？　この状況でなに言ってるんですか！」

「お前の指図を受けるのがシャクなんだ！　お願いするなら寄ってやる」

（ガキみたいなこと言って……。たまに喋ったと思ったらやっぱりムカつく）

心の中で呟《つぶや》きながら、三緒は渋々お願いしますと付け足すと、袋田は満足そうな顔で頷《うなず》く。

「しょうがねぇなぁ、ま、後輩の言うことならしゃあねぇわ」

「……すみません。有加里さん、あんなのが一緒で」

耳元でそう言ってやると、有加里は初めて少し笑った。

道中に立ち寄ったコンビニで袋田は買い物をしに店内へと入って行った。三緒は有加里に一緒に行くかと尋ねたが、彼女は首を横に振って笑い、ありがとうとだけ答えた。それで三緒もその場に残ることにした。

「あ、ちょっと電話……してきますね。大丈夫、ドアの前にいるんで、なにかあったらいつでも呼んでください。袋田さんもスマホ持って行ってるから、怖いナビゲーションも聞かないで済みますし」

「分かった。ありがとう」

車の外へ出た三緒は、市原から以前もらった名刺の番号にかけた。

「あ、あの私、株式会社ポジットの朝倉と申しますが……はい、あの番組制作会社の……そうです。実は今、その顔くりぬき事件に深く関係してると思われる女性と一緒にいるんです。それであの、前に真壁刑事が私に見覚えないかって見せてくれた本を大阪の友達が持っているかもしれないって言ってて。はい、そうです。仮に持っていなかったとしても、同行している女性の自宅には必ずあるそうです。もし事件の手がかりになるようだったらと思いまして」

車内後部座席で一人待つ有加里に、「刑事さん、取りに行ってくれるそうです！」と明るい声で報告すると、有加里はよかったぁと笑った。

その笑顔に安心した三緒は一緒に笑い合うと、ようやく一息つけたような気になり安《あん》堵《ど》の溜《た》め息《いき》を吐く。

「あ、もう一件、上司に電話してもいいですかね？」

三緒の伺いに、有加里は「いいですよ」と答える。三緒は手を合わせて礼を告げ、再び車の外でスマホを操作し、坂口に電話をした。

一息ついたからと言って、なにかが解決したわけではない。

だが、車で逃げていれば少なくとも追いつかれることはないという確信。刑事が本を取りに行って捜査に役立ててくれるということが、少しだけ彼女らを楽観的にさせた。

テーブルの上の皿は減っていないが、上に盛られた料理は減っている……そんな印象だろうか。

「あ、坂口さんですか。す、すみません！　実は……」

車の中でずっと固まるようにしてきた有加里だが、ここへきてやっとリラックスできるようになった。

今まで緊張していたせいでなにも感じなかったが、足の裏に痛みが走り、その鋭い痛みの種類からおそらく小石やゴミを踏んで切ったのだと知る。

——大会を目前に調整してたはずやのに、えらい出来事に巻き込まれてしもたなぁ……。

そう溜め息と一緒に思い返すと、一体いつまでこの逃避行が続くのか……今度は違う種類の不安にも襲われる。

ともあれ、そばに二人も付いていてくれているという心強さも手伝ったのだろう。袋田が戻って来るまで待たず、睡魔が頭に強い重力を課す。

『目的地まで、もうスグ、スグ、スグ、スグ、スグ……お疲れ様でした』

こくりこくりと頭を振り、眠りの入り口に立つ有加里の瞼《まぶた》を無理矢理こじ開けたのは、ここで鳴るはずのない【あの音声】だった。

有加里の心臓が破れるほどに内側を叩《たた》き、どこにスマホがあるのかと周りを探した。

「えっ！　な、なんなん？　どっから？」

『目的地を、特定しました』

無機質な声がスピーカーから流れ、有加里は反射的にその姿を探した。

『目的地に到着いたしました。うンてんおツカれサまでしタ』

運転席と助手席の間に設置されているカーナビが光り、突然マップが表示された。

マップ画面は《－《マイナス》152キロ》となっており、有加里がそれを見た途端、瞬く間に数字が０に巻き戻った。

「マ……マイ、ナス？　ど、どういう」

カーナビ画面に刺さっているピンは、大阪のまま動いていない。

確かに自分たちは車でここまで急速にやって来た。それでも車で逃げる前に接近して来たスピードを考えると、大阪に《それ》が留《とど》まっているのは遅すぎるような気がした。

『そこにイルん、です、カ？　イマから……イキ。ますネ』

イントネーションがアンバランスなアナウンスが車内に響き渡り、有加里の毛穴を広げる。

一刻も早くこの場から離れようと、有加里は後部座席のドアに飛びついた。

ドアハンドルを激しく引くのに、ドアは開くどころかビクともしない。有加里の瞳《ひとみ》には外で電話をしている三緒が見えているのに、ガラスを叩いても気付く様子がなかった。

「朝倉さん！　朝倉さぁん！」

バンバンと叩くガラスの端から、外にいる三緒との距離を無視したように顔のない子供がぬめりと覗《のぞ》き込んだ。

「ひぃいい！」

こちら側を覗き込みながら顔のない子供が次々と現れ、フロントガラス、窓、リアガラスにびっしりと貼り付いた。

『残り人数、ハ、残りニン数は実際の交通規制ニ……』

そして、そのマップ画面は有加里の見ている前でぐにゃりと歪《ゆが》み、何十体も並んだ顔のない地蔵が映し出される。次に《縺昴%縺ｫ縺�k繧薙〒縺吶。�溢　莉翫。繧芽。後〝縺ｾ縺吶�》と、あの文字列が画面いっぱいに表れた。

『福祀《まつ》りハ、左側です。顔に注意して、お気ヲ付ケ、運転。アりがトウゴざいマした』

「ひっ！　あ、ぁあ……あ、さ、朝倉さ……あ、あ」

有加里の目は、カーナビの画面に釘《くぎ》づけになる。

もう下がれる場所などないのに、必死で後ろに逃れようとするが、背もたれに阻まれて進めない。

強烈な恐怖に咄嗟《とっさ》の判断がつかず、とにかく画面から目を離そうと視線を上に外す。するとバックミラーに映るモノが目に入る。自分の両脇に顔のない子供と大人の男が座っていた。

「きゃぷっ……！」

叫ぼうとした口を二人が塞《ふさ》ぐ。有加里は自由を奪われつつ、ただその様子をバックミラー越しに見詰めるしかできない。

自分を押さえている親子を涙で滲《にじ》む視界で見詰めていると、その二人に見覚えがあることに気が付く。

――と、図書館におった親子……。

これを走馬燈《そうまとう》というのかは分からないが、有加里の脳裏にフラッシュバックのように甦《よみがえ》る光景があった。

あの【最恐スポットナビ】を図書館で開いた時にＬＩＶＥがきたということ。そして自宅でＬＩＶＥを確認した時にナビが起動したこと。

『ひとーつつんではぁちちのためぇ～、ふたーつつんでははのためぇ～』

子供が合唱しているような、この場にはアンバランスな歌が響き渡り、有加里は頭がおかしくなりそうになった。

全神経が麻痺《まひ》してゆく恐怖の中、カーナビのマップに刺さったピンがどこであるのか唐突に理解した。

同時に、自分が逃げられるはずがなかったことを思い知る。最後に、自分を押さえつける父親が園芸用シャベルを振り上げるのを見た。

声にならない「んー！」といううめき声だけを漏らし、足をばたつかせる中カーナビから聞こえるアナウンスに自らの最期を自覚した。

『おかわりありますか』


坂口に事のいきさつを話すと彼は少し無言になった。電話の向こうで考えを巡らせているのだと三緒は思い、次の言葉が発せられるのを根気強く待つ。

時間にすれば、それこそ十数秒……大した時間ではない。だが、この状況下においてその短い時間というのは、充分耐えがたい時間でもあった。

「分かった。お前らはひとまず北へ逃げながら、その市原って刑事となんとか合流しろ。俺は俺でその……なんだ？　【最恐スポットナビ】だっけか。それについて調べてみることにするわ。これを上手《うま》く結び付ければいいドキュメントができるぞ」

「いいドキュメントって……」

「なんて声を出してる。お前もテレビマンだろ？　真実を伝えるのも俺たちの仕事さ。結果エンターテインメントに寄ることはあっても本質は変わらんさ」

　そう言われて返す言葉を持たない三緒は、肝心なところでいつも袋田や坂口には言い勝れないことにジレンマを感じていた。

　真実・嘘・虚像・誇張・感動……テレビの本質など実は一度も考えたことがない三緒が言い負かされるのは当然かもしれない。いや、正確に言えば考えたことがないわけではない。

　むしろそういった意味では、坂口や袋田のほうがよほどそういうものをきちんと考えたことがないのかもしれなかった。

　だが坂口と袋田の二人は、テレビマンとしての本質を本能的に知っているのではないか。

『テレビとは？』『報道とは？』『マスメディアとは？』そういったことを大真面目に考えすぎた結果、彼らの飾らない感じたままの意見を覆せないのだ。

　そんな自分にどこまで気づいているのかは別として、三緒は電話を切ると大きく溜め息を吐いた。

「わ、息が白い……。もうそんな季節になるのかぁ」

　福井の夜ということもあるのだろう。肌寒い夜に単純で素直な感想が漏れる。

　冬は寒く、夏は暑い。春は暖かく、秋は涼しい。

そういうごく当たり前の事実をいつかお茶の間に届けることができればいいな。三緒の心のつぶやきは、異常な現状から逃げ出したくなる欲求によって無理にひねり出されていた。

「お前な、俺をパシリにしてんじゃねぇぞ！」

コンビニから出て来た袋田は白いレジ袋がパンパンに張るほどの買い物をぶら下げ、一番に目に入った三緒に向かって文句を言う。

三緒はというとそんな袋田の悪態に唇を尖《とが》らせて、「車に有加里さんを一人にしてもいいんですか？」とふっかけるように放った。

「だったらお前が行け！　全くふざけんじゃねぇぞ」

「颯爽《さっそう》と誰よりも先に出て行くからですよ！」

袋田は不機嫌そうな顔を直さないまま舌打ちを一度すると、レジ袋の中からボトルのカフェオレとミルクティーを差し出し、「二人で飲め！」と手渡した。

「わ、あったかい……ありがとうございます」

「ふん」

自分はほうじ茶と書かれたペットボトルを飲みながら不機嫌そうに目を逸《そ》らす。ボトル口から洩《も》れる湯気が暗い夜空を白く濁らせていた。

素直じゃないな、と思いながら三緒は後部座席のドアを開け、車内にいる有加里に尋ねた。

「有加里さん、カフェオレとミルクティーどっちが……」

袋田の耳に車内で有加里の名前を呼ぶ声が聞こえる。何事かと開いたドアの上から「どうした？」と聞く。すると三緒は涙目で、なにか言いたげに袋田を見た。

「有加里さんが……いない」

「はあ？　どういうことだ。お前ずっとここにいたんだろ」

三緒は大きく頷《うなず》き、はい、とはっきり答えた。

「冗談だろ……！」

反対側のドアを開けてみると、どこをどう見てもいない。それが一目瞭然《りょうぜん》で分かった。もぬけの殻になっている車内に首を突っ込み、袋田も有加里の名を呼ぶが返事はない。たった今までいた気配だけはする、なんの変哲もない異様な空間に息を呑《の》む。

「おい朝倉ぁ！　お前ちゃんと見てろよ！」

「す、すいません！　でも、私ここから離れてないんですよ！」

袋田と三緒はパニックに陥り、有加里が車にいないことを再度確認すると、道路やそばの繁みなどを捜し回るがやはり見あたらない。

袋田が道路に立ち大声で有加里を呼ぶが、その声も虚《むな》しいばかりだ。

「なんで……なんで……ちゃんと車にいたのに、ちゃんと車から離れなかったのに……なんで……」

説明のつかない恐怖と、人が一人いなくなってしまったという喪失感。

そして、自分がいながら失踪《しっそう》させてしまったという自責の念が、三緒の頭から冷水を浴びせかけるように次から次へとやってくる。

だが、この辺りにまだいるはずだという希望を持ち、それだけが三緒を奮い立たせる。

コンビニの駐車場の外には、売地と書かれた看板が立っている空き地がある。管理会社が放置しているのか、伸びたい放題になっている穂が乱雑に生えていた。

三緒は闇の中でコンビニから洩れる光だけを頼りに穂をかきわけて進む。その先の視界で、倒れている人影を捉《とら》えた。

「有加里さん!」

反射的にそれを有加里だと思った三緒は更に突き進み、一刻も早く連れ戻さねばと急いだ。わずかな光しかなく分かりづらい中ではあったが、なんとか倒れている人影まで辿《たど》り着く。

再び「有加里さん!」と呼びかけた。だが、直後、

「きゃあああああ!」

夜空の星が落ちるのではないかと思うほどの尖った悲鳴。常軌を逸していることを思わせる異常な悲鳴に、道路に出て有加里を捜していた袋田も思わず三緒の下へ走った。

「どうした朝倉ぁ!」

湿った地面に尻《しり》をついた三緒は、ぶるぶると震えたまま「むあ……あ……」と声にならない声を断続的に発しながら、【それ】を見まいと固く目を瞑《つむ》っている。

袋田はまずそんな状態になっている三緒の肩を抱き、怪我がないことを目視で確認する。

それから彼女の目の前に横たわっている【それ】に目を移す。

「な……わぁああっ！」

なにがあっても驚かないつもりの袋田だったが、【それ】を目の前で見たショックは自らが予想をしていた遥《はる》か上の、更に三段以上も上をいくものだった。

それがストレートに悲鳴として表れたわけだが、横たわっている【それ】は物言わず、ただ真っ黒い穴から彼らを無言で見つめている。

【それ】は松永俊成と息子の誠也であった。仰《あお》向《む》けで横たわる俊成の胸の上に覆いかぶさるように誠也がいた。

どちらとも顔をまるまるぽっかりと抉《えぐ》られており、真っ暗なその穴の奥からじっと三緒と袋田を見つめている。

それは生気などなく一目で屍《しかばね》だと分かるほど体温を感じさせなかった。

夜の闇の中に住む住民をも思わせる闇の穴には、生きている者が目を合わせればたちまち吸い込まれてしまいそうな、得体の知れないなにかが潜む。

その正体が分かるはずもないただの人間である二人は、その闇に吸い込まれないように必死でこの世にしがみつくしかない。

「か、顔くりぬき……死体だ」

「おかあさん……こわいよ……おかあさん……」

有加里の失踪と、顔のない親子の死体。

思い描いていた地獄よりも恐ろしい悪夢の中、三緒の泣き声だけを引きずり、夜は容赦なく更けてゆく。

同日 大阪某所

水沼夕季は居心地の悪さを感じながら部屋でテレビを見ていた。自宅の部屋なのにそれを感じていたのにはふたつ、理由がある。

ひとつは、友人の有加里があれ以降連絡がつかず、どこにいるのかも分からないということ。

もうひとつは、数十分前に真壁と名乗る刑事から連絡があり、まもなく訪ねに来るというのだ。

有加里の失踪と、警察の訪問。これで落ち着いていられるほど鉄の肝を持っていない夕季は、ベッドの上に腰を下ろしていても宙を浮いているような不快感をずっと味わっている。

早くこの二つの問題が解決してくれればこの気持ち悪さも感じなくとも済むのに……などと思ってみるものの、体感よりも時間が経つのが遅い。

『♪』

どのくらい経った頃だろうか。インターホンの鳴る音に、夕季は肩を震わせて反応する。しばらくしてから、上ずった声ではぁい、と返事をして玄関へ小走りに向かった。

「どちらさまですか？」

おそらくタイミング的にも真壁という刑事だと思い込んでいた夕季だったが、念のため尋ねる。だがドア一枚へだて向こうにいるはずの人物はなにも返事をせず、妙な間だけが漂った。

「……どちらさまですか？」

再度聞くがやはり返事がなく、不審に思った夕季はドアスコープから覗《のぞ》き込む。訪問者の姿を確認するが誰もいない。

――え、誰もいない。

夕季が思った直後、突然足下になにかが落ちた。その音に思わず跳びのき、咄嗟《とっさ》になんなのかと玄関の土間を見ると一冊の本があった。一瞬、理解が遅れた夕季だったが、すぐになにがあったのか分かった。

今落ちている本を誰かが投函《とうかん》したのだ。ほんの少しの間、安心した夕季だったが、すぐにそれがあり得ないことなのだと気付いた。

「どこから入れたん……」

公団などの団地や古いマンションなどでよく見られる、ドアとポストが一体型の投函口なら分かる。

だが、夕季の住まう部屋のドアは一体型ではない。エントランスに集合ポストがあり、そこに郵便物が投函される。あり得ないのはそれだけではない。

さらによく考えてみれば、オートロックなので夕季の部屋に来るにはエントランスの自動ドアを夕季側で開けなければならない。つまり、直接夕季の部屋を訪ねてくることは考えにくいのだ。

恐る恐る玄関に落ちている本を覗き込み、夕季はその不気味さに涙ぐむ。

【最恐スポットナビ】

「いやや、なんなんこれ。めっちゃこわい……」

『♪』

不意に鳴ったスマホ。音からするに電話の着信だった。

しかし、状況が夕季の動きを止めスマホまでの距離を遠くさせる。鳴り続ける電話に手が伸びない。

――もしかしたら得体の知れないなにかかも。もしかしたら有加里かも。

二つの対極にある可能性が、磁石のように反発しあい夕季の決心を鈍らせる。

――とるべきか、とらざるべきか。

迷いは徐々に彼女をスマホへと引き寄せ、時間をかけながらついに手の届く場所まできてしまった。

心臓が肺を破りそうなほどに激しく打ちつける。血液が全身にポンプで送られる音だけが聞こえ、部屋から音という音が消え去る。ただひとつ、着信音を除いて。

そうして意を決した夕季は、裏返しで置いていたスマホを熱いものでも触るように一瞬でひっくり返す。そして、怖々誰からの着信か覗き込んだ。

画面には〇九〇から始まるごく普通の携帯電話番号が表示されていた。

知らない番号ではあるものの非通知ではないことに、夕季は少しだけ安心する。恐る恐る通話のボタンを押した。

「……もしもし」

『水沼夕季さんですかねぇ』

「そうですけど、どちらさんですか？」

『ああ、あのぉ急で驚かしてすみませんがねぇ。私は警視庁の市原というものでして』

夕季は警視庁という言葉を聞いて、先ほどの真壁と名乗った刑事の関係者と思い安堵《あんど》する。助けを求めることができると思ったのだ。

玄関に【あの本】が落ちている現状は変わらないが、少なくともここで一人っきりでおらずともよさそうだ。その期待のまま、電話口の市原に対して「良かったぁ」と呟《つぶや》いた。

『良かった……？　そりゃぁ一体どうしてでしょうかねぇ』

「いえ、さっきから変なことばっかあって。けど刑事さんから電話あったっちゅうことは真壁さん、でしたっけ？　あの人が言うてくれはったんですよね？」

『真壁……？　お嬢さん、そりゃぁどういう意味です？』

電話口の市原の声色から明るさが失《う》せ、低く下から覗き込むような色に染まる。

初めて話す夕季の口から真壁の名が出たことにより、疑心と緊張が入り混じった感情になったのだ。

市原の声色の変化を受けて、なにか自分が妙なことを口走ってしまったのかと焦る。

夕季は慌てて取り繕おうとする。見えてもいないのに手を振りながら「ちゃうんです！」と否定した。

「あのっ、元々真壁さんから電話もらってて、それでなんか見てほしい本があるからって。でも真壁さんはまだ来てないんです。せやけどなんか、気付いたら玄関に変な本が落ちてて……」

『本ですって？　お嬢さん、今本がそこにあるんですねぇ？』

「ええ……それが変な感じで……」

人と話している安心感からか、先ほどまであんなにも怯《おび》え慄《おのの》いていたにもかかわらず、夕季は玄関の上から恐る恐るその本を覗き込んだ。

「ええっと……さいこわ？　スポットナビって」

『最恐スポットナビ！』

「……ああ、これ《さいきょう》って読むんですか？　へぇ。とにかくそれが急にバサッて」

　夕季は落ちている本の表紙を怖々めくろうと手を伸ばし、指先を小さく震わせながら表紙を摑《つか》もうとした。

『ダメですよお嬢さん！』

　市原のらしくないほどの怒鳴り声に、思わず伸ばした手がオジギソウの如く敏感に引っ込む。驚いてしまった夕季は「な、なにがですか」と少し裏返った声で叫んだ。

『いやぁ、すみません。つい大きな声を出してしまいまして、お恥ずかしい……。ですがお嬢さん、今もしかして本を開こうとしたんじゃぁありませんかぁ？　もしもそうなら、絶対に開いちゃダメだ。その本の中身は絶対に見ちゃぁダメですよぉ。約束をしてくださいますか？』

　一度引っ込めた手をさすがに再び本に伸ばそうとも思わなかった夕季は、「約束……しますけど」と少し不満そうに答え、そのままリビングへと戻った。

『今からその本を受け取りに行こうと思いますんでねぇ、必ず本に触らずそこにいてくださいい。必ずですよぉ？　それと……真壁についてですがぁ、どういうことか教えてくださいませんかねぇ』

「え？　いいですけど、なんでですか？　同じところの刑事さんやないんですか？」

　市原は電話の向こうで頭を搔《か》きながら「いやぁ……」と枕を置いたまま次になんと言うべきか言葉を探していた。

　市原が迷っている微妙な間で、夕季は言いにくそうにしているのを察する。真壁についてこれ以上面倒に巻き込まれるのも嫌だと思った夕季は、「やっぱりいいです」と自らその一件を完結させた。

「とにかく、その真壁いう人がなんか事件に関係するもんやから見てほしいって電話で言うてきたんです。あたしも友達が昼からずっと行方分からんようになってしもて、それに関係してるんかと思って待ってたんですけど……」

『なるほど。お友達、心配ですねぇ。実際のところどこまで関連があるのかまではまだ分かっておらんのですわぁ。その点も含めてその本を是非調べさせてもらえないものかと思いましてねぇ。ご協力いただけますか？』

「ええ、もちろん。お願いですから友達の有加里を早く見つけたってください。あの子、色々悩み抱えてたみたいやし……それが原因かもしやんし。それと」

『なんですかぁ？』

「あの、恥ずかしいんですけど……怖いんでできるだけはよ来てもろていいですか……？」

市原はまもなく新大阪に着くことを告げ、夕季の住所を聞いた。おおよそではあるが、おそらく今から一時間前後で着くだろうと予想がつく。

電話を切った市原は眠る気もないのに目を閉じ、新幹線が駅に到着するのを待った。

夕季は中に入るように勧めたが、市原は笑顔で「女性の部屋にこんな汚いおっさんを入れるもんじゃぁないですよ」と断った。

市原はそんなことよりも、今自分の手に持っている本のほうがよほど気になっており、本音を言えばすぐにでもこの場を離れたい衝動があった。

この中に、真壁が死んだ真相があるかもしれない。真壁や、その他の被害者たちの失ったまま見つかっていない顔や、連鎖する殺人の謎、そして園芸用のシャベル……。そのあらゆるヒントがこの中にあり、いや、もしかしたら答えがストレートにあるのかもしれない。

どちらにせよ過度の期待は禁物であるが、この本がキーアイテムになると市原は確信していた。

鑑識の結果、真壁の死体の手に付着していたペンキ片は、市販の片手用園芸シャベルの塗料の破片だった。

ペンキが剝《は》げるくらいだから、おそらく余程使い込んでいるのだろう。真壁が残した捜査手帳に《シャベル》という記述があったことを、市原が見落とすことも忘れるわけもない。

「それで、あの有加里は今どこに……」

「ええ、ええ。今、とある協力者と共に北のほうへ進んでいましてねぇ」

「北……ですか？」

「そうです。訳あって大阪から離れなくちゃいけませんくてねぇ。あのぉ、それで真壁から電話があったって……」

「はい、何時頃だったかな。たぶん夕方の一八時頃だったと思うんですが、私のスマホに着信があって……ほら、これ」

そう言って夕季は着信履歴を見せてくれた。そこには確かに一一桁《けた》の電話番号が表示されており、着信記録の時間は一八時を少し過ぎていた。

「失礼」そう一言断り、自らの携帯電話を取り出し真壁の携帯番号と照合すると、やはり一致している。

まさに信じがたい事象だが、もはやここまできたなら信じざるを得ない。

「真壁ぇ……お前、俺をここに導いたのかよ。それとも、俺がここまで辿《たど》り着いたのかぁ？　どちらにせよこんな酷《むご》い事件は止めなきゃなぁ？」

電話番号を見詰めながら市原はそう呟くと、夕季は不審な表情で「酷い事件？」と反芻《はんすう》する。それに笑顔でごまかし、市原は「ご協力感謝します」と部屋を後にした。

市原の携帯電話に三緒から着信があったのは、夕季のマンションを出てしばらくしたところだった。

丁度自販機でコーヒーを買い、それを啜《すす》りながら【最恐スポットナビ】を開こうと思っていた矢先のことだった。

「ああ、お嬢ちゃん。ありがとなぁ、ちゃんと手に入った。そっちは……な、なんだね。落ち着け、落ち着けって！」

三緒は激しく動揺しており、半分以上なにを言っているか分からない。

その中でも市原は『消えた』、『死体がある』という断片的なワードを拾い上げ、それらを組み立てて状況をイメージしてゆく。

だが、市原の中ででき上がったイメージは、自分でも馬鹿げていると思うほどあり得ないものだ。もう一度組み直そうかと思ったが、とりあえず本人に直接聞いてみるのが早いと、自分の思ったままを口に出した。

「お嬢ちゃん、おそらくぁ私の聞き違いと妄想で組み立てたから正確じゃないんだろうけどねぇ。今、お嬢ちゃんは私に『一緒にいた女性が失踪《しっそう》し、代わりに男の死体が近所から出てきた』って言ったのかい？」

電話の向こうで泣きながらそうです、とはっきりとした一言が聞こえ、すぐにまた訳の分からない言葉をまくし立てる。しびれを切らしたのか、そばにいた袋田が電話を替わると状況を話した。

『ポジットの袋田っす。刑事さん、俺らどうしたらいいんすか？　朝倉は腰抜かしちまってちゃんと判断できる状態じゃねぇし、土地勘もねぇ、縁もゆかりもねぇ場所にいるんだ。死体あるから警察に通報すべきなんでしょうけど、今の状況でしたら完全に俺ら疑われますよね？　死体第一発見者と同乗していた女が失踪なんて、完全に犯人扱いされるんじゃないんすか』

興奮している様子から、袋田もやはり動揺しているようだった。それも当然といえば当然のことではあるが、市原もベテランの刑事である。興奮している人間の扱いは手慣れたものだった。

「まぁまぁ、落ち着け。こんなのは大したもんじゃないことだぁ。そんなことよりお前さんたちに怪我はなかったかぁ？　そうかそうかぁ、後のことは全部私に任せておけばいいんだ。うん、間違いないさ」

片方がきちんと冷静さを失わず徹していれば、次第に相手も鎮まる。

この仕事をしていれば日常茶飯事とも言えることだったが、全く同じことを配属したての頃の真壁に教えたのを市原はつい思い出した。

「いいかい、ちゃんと落ち着いて通報するんだ。くれぐれもそこから離れたり、騒いだりしないようにな。警察が来たらちゃんと正直に話して。私の名前も出しゃぁいい。いいな、できるだろう？」

袋田は『分かった』と答えた。その声から随分落ち着きを取り戻したようだ。

そして、市原が言った通りにすると約束をした。袋田は電話を切ろうとする市原を呼び止めると、警察が駆けつければしばらく身動きが取れないのだと悟った上で次のように話す。

『さっき有加里さんがいなくなる前に、上司の坂口に朝倉が電話したんす。そんでなんだっけ、本の名前忘れたけどそれについて調べてくれるって言ってたから、ちょくちょく連絡取ってください。あ、刑事さんＬＩＶＥやってます？』

10
2016

発見！角川文庫

最新刊

毎月25日の発売です。

都合により本体価格が変更される場合があります。ご了承下さい。（平成28年10月現在の本体価格）

時代小説の新たな地平を拓く渾身の書き下ろし

武士の職分

江戸役人物語

上田秀人

本体600円＋税

表御番医師、奥右筆、目付、小納戸――小説と逸話で面白さ二倍！　大人気シリーズの主人公たちの「役職」をテーマに、権謀渦巻く幕府に生きる役人たちの実像を描く。

天地雷動

発行：株式会社 KADOKAWA

袋田の話を聞いて、市原は一度耳から携帯電話を離して、自分の持っているそれが《ガラケー》なのを確認する。見たからといって変わるものではないが、ついついできないものかと見てしまったのだ。

「すまんねぇ。私はいわゆるガラケーってやつでねぇ」

『げっ、マジっすか。じゃあ坂口の番号教えるんでそこにかけてください。いいますよ……〇九〇……』

怒濤《どとう》の展開に、市原は自分の思考速度が少し鈍くなったのを感じた。夕季から預かった本と、これを持っていた最後の持ち主である有加里の失踪。親子の死体……。

おそらくそれは、ほんの数日前に会った俊成と誠也のものだろうと考えると、胸が中心に向かって収縮するような息苦しさを感じた。

兄を失った俊成。その息子であり、まだ中学にも上がらない幼い息子。残された彼の母親……。

なんと酷く、悲しいことなのであろうか。

真壁が失踪したと聞いて飛んで行った福岡で、その日のうちに彼と無言の再会を果たした。そこによく知る真壁の存在はあったのに、見慣れた顔だけがぽっかりとなかったのだ。

あの親子も同じようになっていると想像するだけで、この連鎖を一刻も早く断ち切らなければならないのだと市原は強く思う。そのためのヒントが今、自分の手元にある。

【最恐スポットナビ】

このどこにでもある安っぽい本。これが人を殺すとは到底想像もつかないが、状況がそれを証明している。おそらく、顔をくりぬかれる人間たちの下にこの本はやって来るのだ。

そうして、次なる標的にと夕季の下へ現れた。

夕季は真壁から連絡があったと言っていた。だが真壁はすでに死んでいる。死んだ人間から連絡などあるはずがない。市原が考えるに、

――この本は顔をくりぬかれた人間が次の標的に渡しに行っているのではないか？

その仮説に辿り着いた時、なにがキッカケでこの連鎖が始まるのか、ふと思いついたのだ。

市原は夕季に電話をした際、本に触ろうとした彼女に対して『本を開くな』と言った。あの時は無意識にそう叫んだのだが、もしかするとそれこそが真理なのではないか。

「………」

そう思いながら、市原は改めて【最恐スポットナビ】の表紙をまじまじと眺めてみた。

将門《まさかど》の首塚、元死刑場の家電量販店、福岡の怨念《おんねん》トンネル、栃木の限界集落……。

「ん、これは」

市原が目を留めたのは【福岡の怨念トンネル】。そして、松永亮の葬儀の日に誠也が

読んでいた本もこれだったことを思い出した。

——松永亮はおそらくこの本に載っていたから、あのトンネルで配信を行った。松永誠也は葬儀の日、おそらく本を開いて松永俊成に見せていた……。ということは、開かなければ大丈夫ということかぁ？　それにくりぬかれた顔は一体どこに。

先ほどまでは本を開いてしまおうとしていた市原だったが、状況がその手を止めた。できるだけこの本を開かずに、表紙だけでなんとか情報を集められないかと裏面を返してみると、収録されている記事の見出しがいくつか載っている。それを端から順番に読んでいると、気になる一文を見つけた。

「限界集落の村に伝わる忌まわしき葬送、顔のない地蔵とは……？」

市原の全身の毛が一斉に逆立ち、背筋に激しい震えが一度だけ走る。

これは、恐怖や緊張によるものではなかった。彼の中で一つの真実への確信が走ったのだ。

「開いてはいけない理由ってのはぁ、間違いない。この中に全部書いてあるってことだぁ。【顔をくりぬく理由】も、【どこに行けばいいのか】も。そして、【どうすればこの連鎖を止められるのか】も！」

感動的なほどのひらめきと、真実への路《みち》。だがこの本はまさにパンドラの箱だった。開けばなにかが解決するが、開いてしまうと後戻りのできない死が待っている。開けなければ連鎖は止められず、開ければ連鎖は止められても自らに死が訪れる。

そんな馬鹿なことがあっていいものだろうか。市原は心の中で叫び、感動的だったはずの閃《ひらめ》きも、ものの数秒で拷問のような地獄へと叩《たた》き落とす。

「あ……」

開けてはいけない本。だがこの本の外見はとてもそんな呪われた本であるような印象はない。

これがもしも、厳かで豪華な装丁を用いており、鍵《かぎ》でもついていれば別だ。一目でなにか特別な本であると分かったのかもしれない。

どこにでもありそうな、誰が見てもなんの不思議も威圧感もない、数百円で手に入りそうな安い紙の本だ。しかし、問題はその外見ではなく他にあった。

「もしかしてこの本、全国にあるんじゃぁ……」

鼓動が鎮まり、血が巡るのを止めたように全身が冷たくなる。

氷河に浮いている水死体ほどに血の気が引き、ありとあらゆる悪夢が脳裏に浮かんでは消え、すぐに真っ白になった。

刑事生活も数えて二十数年になる。その刑事生命の中でも最も恐ろしく、最も残酷な現実。

手は震え、口の中は乾き、体中の汗が全て引いた。息をするのも忘れるほど、市原はその場に立ち尽くすほかなかったのだ。

一体、どのくらい人形のように指先一本も動かさず静止していただろうか。ようやく動いた腕でポケットをまさぐり、携帯電話を取り出した。

坂口がオフィスの時計を見ると、零時を過ぎたところだった。

警察から連絡があったのが数時間前。

それとは別に市原という刑事から電話があったのがほんの数十分前。

大阪にロケ番組の仕事で行っていたはずの三緒と袋田。彼らが出会ったという顔くりぬき事件の関係者らしき女性。

その女性が失踪《しっそう》し、さらに同じ場所で顔くりぬき死体を見つけたという。こんな説得力もない現実離れした話があるわけがない。

市原から連絡があった際に、それらの事象を聞いた時点では。

坂口はオフィスで電話とパソコンを駆使し、とあることを調べていた。それは市原から頼まれたことだ。

部下が二人仲良く失踪事件に関わって事情聴取を受けるという前代未聞の出来事だけでも精神的な疲労を感じていたのに、市原が持ってきた案件は坂口の胃をさらに痛めることだった。

「どうもポジットの坂口です～。あ、こないだはありがとうございました！　いえいえ、また行きましょう、今度は奢《おご》りますんで。はい、実はですね、ちょっと聞きたいことがございまして……」

調子のよい話しぶりで彼のコミュニケーション能力の高さが窺《うかが》える。

そんな口調を落とし、「ヴィンチ出版という出版社をご存知じゃないですかね？」と受話器の向こうの主に尋ねた。

「ご存知じゃない？　なるほどぉ、すみませんありがとうございます～！　ちなみにですねぇ、小規模で……例えばコンビニなどに並ぶマニア本ですとかオカルト本を手掛ける出版社などご存知でしたらご教示いただきたいんですが。あ、はい……SCA出版、ありがとうございます」

メモ書きし、坂口はくるりとペンを回しながら次々と電話をかける。深夜に電話をかけることの非常識さに胃が潰《つぶ》されそうになっていた。

市原には明日では駄目なのかと聞いたが、一刻を争うことだと懇願された。三緒と袋田も関係しているので、坂口はノーと言えなかった。

「ノーと言えない日本人ってのは、時代遅れなんだがねー」

とはいえ、出版社の連絡先を聞いたところで、こんな時間に繋《つな》がるわけがない。結局は明日に持ち越すのだと思いながら渋々坂口は続ける。

市原に調べるように頼まれたこととは、【ヴィンチ出版】という出版社についてだ。なにやら事件のキーになるだろう書籍の出版元らしい。なぜ同じ警察に頼まないのかと不審に思ったが、ある種パイプを持っている自分のほうが情報に繋がるまでが早いと思ったそうだ。

インターネットで【ヴィンチ出版】を検索するとすぐにサイトが見つかった。

見るからにインターネットなどに疎そうな市原のことだ。ホームページのことまでは頭が回らなかったのだろう。

そう思い坂口はサイトに明記されていた電話番号に電話をかけてみた。誰もいないだろうし、電話に出るはずもないと思いながらコール音を待つ。だがおかしなことに、自動音声がこの番号は現在使用されていないことをアナウンスしたのだ。ひとまず電話は諦《あきら》め、問い合わせフォームからメールを送信しておいた。

「マジでこんな時間に電話しなきゃなんないとか、こんな割に合わなくてひでぇ仕事、部下にも頼んだことないぜ」

愚痴りながらも先ほど聞いたSCA出版に電話をかけてみるが当然繋がらない。しかたなく接続された留守番電話に音声メッセージを入れていると、坂口のスマホにメールが入った。

「メール？　なんだよ、珍しいな今時メールって……うげ、しかもショートメールだよ」

ショートメールとは、電話番号のみで短いメッセージを送れるサービスで、スマホが今ほど台頭する前はこれが普通だった。

ガラケーユーザーも未《いま》だ根強く存在するため、スマホにもその機能が搭載されていることが多い。坂口もご多分に漏れずそういうタイプのスマホだったのだ。

しかし、当然ながらリアルタイムでコメントのやりとりができるＬＩＶＥなどのアプリケーションがあるため、滅多なことではこの機能は使わない。

それは、坂口の知人たちにも言えることだ。だから余計に驚いたのだった。

「は？　なんだこりゃ」

ショートメールの送り主は市原だ。それはいい。問題は送られてきたメールの内容にあった。

《縺昴%縺ｫ縺�k繧薙〒縺吶。�溘　莉翫。繧芽。後〃縺ｾ縺吶�》

ガラケーからスマホにショートメールを送ると文字化けするのかと思ったが、そんなものを検証しているほど暇ではない。坂口はショートメールに気付いていないことにして、まだ途中の作業を続けた。

「既読がつかないってところはＬＩＶＥよりもいいんだけどなぁ」

そう呟《つぶや》き、坂口はコーヒーを買いに行きがてら喫煙所へ向かった。

七　朝倉三緒《あさくらみお》

一一月五日

三緒と袋田が警察に任意同行を求められ、取り調べが終わったのは翌日の昼を過ぎた頃だった。

身も心もすっかり疲れ切った二人が福井警察署から出ると、そのタイミングを見計らうようにして三緒のスマホが着信を知らせた。

三緒は昨夜《ゆうべ》からのことがありスマホの挙動に敏感になっていた。ただ着信があっただけなのにもかかわらず、それを取ろうかどうか迷ってしまう。

できれば今すぐにでも投げ捨ててしまいたい衝動にかられるほど、嫌になっていたのだ。

それでもそんな訳にはいかない現状にうなじを垂れながら、着信の相手を確認する。

坂口からの電話だった。訳の分からない電話でないだけマシかと深呼吸すると、通話キーをタップした。

『おう、まだ警察か？』

坂口の明るい声が疲れた耳を通り抜けて肺に刺さる。彼の普段通りの口調さえ不快に思ってしまっている自分に驚きながら、三緒は「いえ、今終わったところです」と答えた。

『それはそれは長丁場だったたな。おつかれさん。それでな、市原さんから色々頼まれて調べてたんだが……。お前ら、今から東京に戻って来い』

当然、言われずともそのつもりだ。だが、わざわざ坂口が催促するように言ってきたことに違和感を覚えた三緒は、その理由を尋ねた。

『ああ、実はな。例の本あったろ。【最恐スポットナビ】ってやつだ。あれの出版元がヴィンチ出版って会社でな。所在地とか、今はどんな本出してるのか色々出版関係の知り合いに聞いて回ったんだ。おかげで徹夜だ……と、そんなことはいい。東京に帰ってすぐにそのヴィンチ出版に行ってほしい』

昨日の恐ろしい出来事を思い返し、三緒は思わず次に答える言葉を失くしてしまう。三緒の沈黙を察して坂口は袋田に替わるように促した。

「もしもし、袋田っす」

『おう、お疲れ。今朝倉に例の本の出版元に向かうように言ったんだが、やっぱ無理そうか？』

「まぁ、そりゃそうじゃないっすか。言ってもついさっきの出来事っすから」

『だよなァ。俺もできればこんなこと頼みたくないいんだよ』

自分で頼んでおきながら矛盾したことを言う坂口の溜《た》め息《いき》に、袋田は不審に思う。どういうことなのかを聞いてみるとこう答えたのだ。

『いやな、市原さんに頼まれて調べてたら、ヴィンチ出版が日暮里《にっぽり》にあるらしいって分かったんだ。でもこのヴィンチ出版って出版社、もう一年くらい誰もいないらしい。当然、本も刊行してないって話だ。会社自体はついさっきまで仕事をしていたような状態のままらしい。

　しかし不思議なことにな、毎月家賃だけは振り込まれてたんだと。しかも匿名で毎回名前が違うから誰から振り込まれてるのかも分からんそうでな。だから片付けるに片付けられなかったそうだ。

　ひとまず現状維持ってことでそのまま放置されてたってことなんだが、三ヵ月ほど前から家賃の振り込みがなくなったんだってさ。それでいよいよ片付ける話になってるらしいんだわ。だから「関係者だ」ってハッタリぶちかましたら簡単に中へ入らせてもらえることになったんだ』

「はぁ……。だったら市原さんに行ってもらえばいいじゃないっすか。俺らは確かに関係はしてますが、完全にそれって警察の仕事でしょ」

　そうなんだがな、と枕を置いて坂口は少し間を空けた。坂口が喋《しゃべ》り出すまでにカチン、という何かを弾《はじ》く音が何度か袋田の耳を引っ掻《か》き、この間が坂口の煙草に火をつけるためのものなのだと気付く。三緒は涙目になりながら不安げに袋田を見詰めている。

袋田はできるだけ無表情を作りながら、こんな時にはどんな反応をすべきか知らない自分を情けなく思った。

『それなんだよ、それ。俺が家主に連絡したらな、来週片付ける予定とかで、中に入ってもいいが今日だけしかダメだって言われてよぉ。市原さんにすぐ電話したんだぜ俺は。けど、繋がらねぇんだ』

「繋がらない、っすか」

『ああ。どういうわけか意味不明のショートメールだけしてきたかと思うと、それっきりだ。何度電話をかけてもダメ。全く捕まらん。だからな、俺は俺で警察に連絡して市原さんが音信不通だってことを伝える。だからお前らには悪いが、市原さんの代わりにヴィンチ出版に行って来てほしいってわけ』

袋田の「なんで俺らが！」という声に、三緒は肩を震わせる。袋田は眉《まゆ》を吊《つ》り上げ、これ以上の面倒はごめんだという旨を捲《まく》したてた。

仮にこれが上手《うま》くいったところで番組にするのは難しいとも話した。

続けて「死人が出たんだ！」という言葉に、三緒はここがまだ警察署の敷地内であることを危惧《きぐ》し、自分と電話を替わるように言った。

震える手で電話を受け取り、大丈夫なのかという顔で見つめる袋田に笑顔で応《こた》える。

「朝倉です。もう大丈夫なんで教えてください。私たちはどうすればいいんですか？」

不機嫌そうな袋田は駅で買った弁当の蓋《ふた》も開けず、ただお茶だけ飲み続けている。三緒も無理して食べようと幕の内弁当を開いたが、結局煮豆や山菜などの優しい味のおかずしか口にできずほとんど残している。

なにをしていてもいちいち松永親子の顔なし死体が脳裏をよぎり、三緒の食欲を奪うのだ。

警察には昼まで缶詰だったが、正直なところそこで聞かれたことなどほとんど覚えていなかった。

もっとも、署に連行されてから三緒は二時間ほどショックで泣いていたから、話にもならなかった。

気の強い袋田にしてもそうだ。三緒のように泣きはしなかったが、警察官に聞かれたことに対し当初は支離滅裂なことを話した。

気が動転していて、どこからどこまでが真実で、自分が見たことなのかの境界線が飽和していたのだろう。

二人がようやく落ち着いた頃には日が昇っていた。疲れていないわけはなかったし、空腹でないわけもなかった。

だがそれらの感覚が麻痺《まひ》していたこともまた事実だ。

無理をしてでも食べなければ、眠らなければ、と自らに言い聞かせれば言い聞かせるほど逆に追い詰められてゆく。三緒と袋田は、それを表す態度こそ違うものの同じ状態だったと言っていい。

「怒ってるんですか？」

袋田は三緒に対する苛立《いらだ》ちも抱えていた。そのことを察していた三緒は恐る恐る尋ねてみるが、袋田は答えない。

「無視しないでくださいよ袋田さん」

「うるせぇよ。勝手に返事しやがって」

袋田が怒っている理由は分かっていた。坂口の依頼に対し、袋田の意見も聞かずに承諾してしまったからだろう。

袋田は番組にもできないようなことをわざわざやりに行く気にならなかったし、三緒の気持ちも汲《く》んだつもりだった。その両方とも思い通りにならなかったダブルパンチで機嫌を悪くしたのだった。

「……袋田さん、前に言っていましたよね。『真実か嘘かなんて見てる人が決めたらいい。自分たちが作ったものをパフォーマンスにしないと、見ている人がそれを決めることができない』って。私、袋田さんのあの言葉に反論できなかったんです。悔しかったけど、あの時、私は自分自身この仕事にそこまでこだわりを持ってなかったんだっていうか。それも分かっちゃって。

私がこんなこと言ったらまた怒ると思うんですけど、今の袋田さんはパフォーマンスにする気、ありますか？」

「馬鹿かよ。物には限度があるだろ」

「限度ですか？　袋田さんの限度はもう超えちゃったってことなんですか？　私がまだなのに」

「違うって！　割に合わないだろ、労力とリターンが釣り合ってねぇ」

袋田の言葉に三緒は胸のあたりを熱くざわつかせる感情を覚え、初めて苛立ちを露《あら》わにして袋田を睨《にら》む。

「そうなんですね。私、袋田さんのことは理屈じゃなくて情熱で働く人だと勝手に思ってました。行くのが嫌なら、嫌ってはっきり言えばいいのにぐちぐちと言い訳ばっかり。労力とリターンが釣り合ってない？　楽してテレビを作ろうと思ってるんだったら、私と袋田さんは決定的に違います」

「なんだとコラぁ！」

新幹線の中、袋田の怒声で一気に注目を浴びた。普段の三緒ならばここでいったん袋田を落ち着かせるところだが、この日は違った。

「ひとりで会社に帰ってください。もういいです！」

袋田がはぁ？　と聞き返す前で、幕の内弁当の手を付けられなかった一口サイズのメンチカツを手づかみで口に放り込む。頬張りながら三緒は、

「私ひとりで行きます」

と言い放った。箸《はし》を持つと先ほどまでの食の進まなさが嘘のようにガツガツと弁当を

口に運ぶ。

その様子を見て袋田は「調子に乗んなよ!」と発し、全く手を付けなかった弁当を乱暴に開けると、三緒に負けまいと食べ始める。

「くそが! お前に説教されるほど落ちぶれちゃねぇって!」

袋田と二人で一つのセットにされることを不本意に思っていたが、一緒にいるうちに三緒は袋田との付き合い方を弁《わきま》えるようになった。

袋田も三緒に対してただの新人という目線から少し高いところに位置づけるようになっていたのだ。この異常な体験を共にしたことで、妙な結束感を共有することになったといえるが、この件はまだ終わっていない。

気が遠くなるほど、まだ途中なのである。

「報道特集からオカルト特番になって、最終的にはなんになる?」

弁当を空にした袋田が聞くと、三緒は紙パックのカフェオレをストローで啜《すす》りながらそうですねぇ、と返事をすると続けた。

「ドキュメント……ってことになるんじゃないですか」

「ドキュメントか。けど題材が題材だからオカルトには変わりないんじゃねぇの」

「それはそうですけど、あえてこのオカルティックな部分を全部伏せてしまえばいいんじゃないですか?」

「なるほどな。じゃあ、坂口さんに企画書あげねぇと。頼むわ」

「私がですか！　ずるいですよ！」

「なんだよ、お前俺よりも賢いんだろ。代わりに俺が身体張ってやる」

袋田の発言に、三緒は前に坂口が言ったことを思い出した。『熱い奴と冷たい奴で丁度いい』、初めてチームが一緒になった時に言われたことだ。

それが今となっては納得できるようになった自分に、三緒はむず痒《がゆ》さと気持ち悪さを感じる。だが、確かに袋田ならば三緒のできない身体を使ったことは率先してやってくれそうだ。

「あ？　なんだよ」

「べ、別になんでも……」

色々と考え込んでいる最中、つい袋田を見詰めてしまっていた三緒は動揺して目を逸《そ》らしてしまう。

「そんなに見ても俺のメンチカツは食っちまったからな」

三緒の「は？」という反応も気にせず、袋田は空になった弁当箱を見せた。

そのデリカシーのなさに、三緒は助かったような、残念なような複雑な気持ちになったのだった。

『♪』

その時、三緒のスマホがＬＩＶＥのメッセージを受信したと知らせる。画面を見てみると坂口からで、メッセージにはこうある。

《そういえば市原さんから意味不明のメールがあったって言ったろ？　なんの役に立つか分からんが、同じ文をお前のところに送ってやる。あと、この文なんだが文字化けしてたみたいなんで一応解読もしといた。併せて持っとけ》

「意味不明なメール？」

坂口のメッセージを読んでいる最中に、次のメッセージが表示された。

《縺昴%縺ｫ縺◆k繧薙〒縺吶。◆溘　莉翫°繧芽。後″縺ｾ縺吶◆》

字面の気味の悪さに思わず三緒は一瞬吐き気がしたが、すぐにもう一通届いたメッセージに目を戻した。

「なんだ？　どうしたんだよ」

三緒のスマホ画面を覗《のぞ》き込むという相変わらずデリカシーのない行為をする袋田は、不思議そうな表情でそれを声に出して読んだ。

「そこにいるんですカ？　今から行きますネ……なんだこりゃ」

坂口から送られてきたそれらのメッセージに、三緒は市原が音信不通だということを思い出す。

それが意味することに、漠然とした形だがうっすらと輪郭が整ってゆく。

市原という頼りがいのある刑事のことだからと、音信不通でいることにあまり心配はしていなかった。それはなにも三緒だけではない。

袋田もそうだったし、坂口もそうだった。ただ今はなにかの都合で連絡がつかない。

それだけなのだと。

だが三緒は市原が送ってよこしたというメールの内容を読んで、その考えを改めざるを得なかった。

市原がガラケーしか所持していないという情報は持っていなかったが、少なくともこういったモバイル端末で文字化けするという例はあまり知らない。

仮にそれがあったとしても現実的にそこまでおかしなことではない。

問題は文字化けしているか否かではなく、解読されたその内容だった。

《そこにいるんですか？　今から行きますね》

「市原さんが坂口さんに、『そこにいるんですか？』っておかしくないですか？　それに『今から行きます』ってあるのに来てない。これ、もしかして市原さん、ただ忙しかったから連絡取れないとかじゃないんじゃ……」

さすがの袋田も三緒の仮説に「まさか」とは言わない。

黒川の失踪《しっそう》と死亡、真壁と有加里の失踪、松永の死、親子の死体。

そして今度はそれらのキーになると思われる本を調べていた刑事が失踪した。袋田の中でもいろいろなピースがカチリカチリとハマってゆく。

「俺らがやっぱ行かなきゃ無理っぽいな」

先ほどは坂口に対して「なんで俺らが！」と叫んだ袋田だったが、自らの思う最悪のシナリオが現実味を帯びてきていることに、意見を覆さなければいけないと思ったようだ。同日一七時某分「なんで俺まで」

不服そうに呟《つぶや》いたのは袋田ではなく、坂口であった。

場所は日暮里。今時エレベーターも設置されていない、おそらく築三〇年は経っているだろう五階建ての小さなビルの四階に、ヴィンチ出版はあった。

坂口の予定では三緒と袋田に行ってもらい、情報を共有するつもりだった。

だが、ビルを所有する家主の男が坂口同行の下でないと許可できないと言ってきたのだ。

なにか問題があった際、責任者が同行していないことが問題になる。親心という名の保身のために犠牲になったというわけだ。

「まぁまぁ坂口さん、テレビマンのなんたるかってやつを教えてくださいよー」

袋田が嬉《うれ》しそうに、坂口の背中にこつりと当たるように言葉を投げつける。

群れからはぐれた子象の後ろ姿によく似た坂口は、渋々預かった鍵《かぎ》を出した。

「お前、ほんっと単純なのな。時々羨《うらや》ましくなるわ、ほんと」

単純な袋田には通用しなそうな皮肉を滲《にじ》ませた言葉を、坂口は発しながら笑う。

ビルの築年数に比例して水色の塗料が褪《あ》せたドアの鍵を回し、開錠音を確かめるとノブを引いた。

開けた瞬間に、この手の古い建築物の部屋特有の粉っぽい埃《ほこり》の香りが鼻を突く。濁った室内には出版社らしく紙とインクの匂いが立ち込めていた。

元々周囲のビルに囲まれ日当たりが悪いせいもあり、電気をつけてもどこか暗い。喫煙可だったのかこびり付いたニコチンの匂いと混ざり、空気の悪さも手伝ってなんとも言えない不快感を煽《あお》る。

当然、こんな空気の劣悪な場所では、気管が弱くない人間であっても咳《せ》き込むであろう。ご多分に漏れず三緒も乾いた咳《せき》を繰り返し、涙目になりつつハンカチで口を押さえた。

「あの、換気していいですか？」

耐えきれず三緒は窓を開け放った。

一応窓は道路側に面してはいたものの、向かい正面の背の高いビルの陰になっていた。大して空気を入れ替えられるような気はしない。それでも密室のままで瓶詰めにされるよりはマシだと、三緒は窓から顔を出して深呼吸をした。

「一年間誰も出入りしてないからな。まぁ、厳密には管理会社が家主と何度か様子を見に来ているようだが。ほとんど触っていないらしい」

坂口はそう言いながら、手前のデスクの上の灰皿に気が付く。胸ポケットから煙草を取り出すと火をつけた。

「んむ、煙草を吸えばこの空気の悪さもごまかせるな」

「煙に空気が負けてるだけっすよ」

非喫煙者の袋田も眉《まゆ》をひそめてドアを開けると、近くにあったチラシを丸めてドアの止め具代わりにして開放した。

「あの、一年前から誰もいないって言ってましたけど……どういうことなんですか」

外の空気を入れて少し慣れた三緒が、気になっていたことを坂口に聞いた。

坂口はちょっと待ってくれと言わんばかりに煙草を深く吸い込み、ゆっくりと吐く。そして一拍置くと「それな」と切り出した。

「元々少ない社員数で出版業を営んでいたらしい。見ての通り小さな出版社だからな。取材なんかは毎回ほぼ一人か二人で行っていたんだとさ」

袋田が「何人くらいだったんすか」と聞くと、坂口は五人だったそうだと答えた。

「それで最後に行った取材というかロケっていうか、そこから帰って来てから一人ずつ連絡がつかなくなったらしい」

「へ？　ロケから帰ってないとかじゃないんすか」

「ああ。ちゃんと全員帰って来ている。なにか刊行物を作っていたらしいな、その途中だった」

そう言いながら坂口は灰皿を片手に持ち、書類や書籍が並んでいる棚へと歩み寄ると、そこから何冊かの本を取り出し、デスクに並べる。デスクに並んだ本は、

【奇奇怪怪地方名の由来】
【都市伝説の真実と嘘】
【本当は怖いネット怪談】

などというタイトルの本ばかりだ。そして、そのどれもがコンビニなどに置いてある数百円で購入できるカバーのない書籍だった。

「見ての通り、この会社はこういったオカルト系の単行本を刊行していた。親会社がまぁまぁ名の通ってる企業だったおかげで、こんな規模の出版社なのにコンビニに配本できるパイプを持ってたんだ。見た目に反してそこそこ儲《もう》かってたらしい。こんなロケ本を自社ロケで出せるくらいにはな」

興味深げに三緒と袋田はデスクに並んだ本を眺めた。手に取ってみると裏表紙にはヴィンチ出版と書いてあった。

軽く中をパラパラとめくっていると、なるほど写真が主体の構成で、一冊につき二〇から三〇記事ほどある。三冊で流用している記事もあるが、それでも新しいものが半分以上を占めていた。

そのどれもがいわくつきの土地や街、噂の真相などを追いかけ、考察するという内容になっている。

そんな中、二人はある重大な違和感に気が付いた。

「ない」

「ああ、ないな」

坂口が灰皿の底に煙草の火を押し付けて消しながら、なにがないのかを尋ねる。もう一度置かれた三冊を端から見回すと三緒が言った。

「坂口さん、この出版社って刊行物はこの三冊だけですか？」

「いや、まだあるはずだぞ」

すぐに袋田が持っていたスマホで検索する。検索するワードは【ヴィンチ出版】。検索ボックスにそれを入力し、決定をタップする。すぐに検索結果が表れ、ネット通販のリンクや、この本についてのレビューなどがずらりと並ぶ。袋田は三緒に「こんだけ出たぞ」と画面を見せた。

「えっと、ヴィンチ出版の刊行物……これ、ここのHPですよね」

タップしてみると、すぐにヴィンチ出版の自社ホームページが表示され、なんでもないシンプルなレイアウトのヘッダーに【ホラー単行本ならヴィンチ】と大きく書いてある。

ニューストピックには最新の刊行物の紹介と、アップした日付が記してあった。

「日付は確かに一年前ですよね。あ、ここに刊行物の紹介ってありますよ」

ニューストピックの横にいくつかのリンクバナー。その中に【当社刊行物のご案内】とあった。ひとまず最下層までスライドしてから、三緒はそのバナーをタップした。

「【奇奇怪怪地方名の由来】、【都市伝説の真実と嘘】、【本当は怖いネット怪談】……。

やっぱり刊行物はこの三冊だけだ」

三緒のその言葉を最後に凍り付いたように固まっている二人を見て、坂口は「おいおい、一体なにが不思議なんだ」と思わず声をかけた。

すると袋田が坂口を振り返り、真っ青な顔でこう言うのだ。

「坂口さん、刊行物にないんすよ。【最恐スポットナビ】」

はぁ？　と素っ頓狂《とんきょう》な声を上げて坂口は袋田と三緒の間に割って入る。画面を見てまさか、と笑うが、額には冷たい汗が一筋伝っている。

「こういうのってよ、トピックにだけ出してラインナップに入れ忘れてるって、ままあることとなんだよな」

トップに戻りニューストピックを見ると、一年前の日付で《奇奇怪怪地方名の由来を発売しました！》とある。

つまり、一番新しいヴィンチ出版の刊行物とはラインナップに掲載されている【奇奇怪怪地方名の由来】なのである。

そしてそれは、一つの確信となった。

この会社から出ていると思われた【最恐スポットナビ】が発売されていないという事実。そのあるはずのない本を手にした人間が、次々と変死をしているのだと。

理解不能な事実に、坂口は力なく近くにあったオフィス用の椅子に座った。どこかで信じ切っていなかった超常的な現象の当事者であるということを、今ここでようやく自覚したのだ。

「ってことはなにか？　あるはずもない本。その本を作ったはずの会社の人間は全員が失踪《しっそう》していて、更にその本を読んだ人間が顔をくりぬかれて死んだってのか？」

坂口が放心気味に呟《つぶや》く。その時、三緒は乱雑に書類が積まれているデスクに、盛り上がりがあるのに気付いた。

それがなんなのかを直感的に察した三緒は、書類に埋もれている【ソレ】を掘り出し、暗かった表情を明るくした。

彼女が掘り出した【ソレ】とは、ノートパソコンである。畳んであるノートパソコンには【黒川】と書かれたステッカーが貼ってあった。

「坂口さん、ここになにかヒントがあるかもしれません！」

そう言いながら三緒はパソコンを開き、電源ボタンを押す。起動音を立てると聞き慣れたジングルを鳴らしてトップ画面が表れた。

「触るのはいいが、持ち出すなよ。それに、借りてまた返そうってのも無理だ。来週にはもうこの事務所はないからな。あとあと面倒なことになる」

坂口の念押しに二人は無言でうなずき、パソコンに向かった。

だがすぐにパスワードを求めるロック画面が招かざる客の侵入を阻む。三緒はなにかヒントになるものがないかと周りを見回すと、すぐに怪しい付箋《ふせん》が画面の上に貼ってあるのに気付いた。

その付箋には【pass:k-su-k】と手書きしてある。まさか……とは思いつつ、そのまま入力してみるとあっさりトップ画面が表れた。

「おい、ツイてるなお前！」

「任せてください！」

袋田の声がけに強気に答える三緒を見て、坂口はつい「お前ら仲良くなったな」と呟いた。二人とも本当は聞こえていたが、聞こえなかった振りをしてフォルダを調べる。

分かりやすく整理されたトップ画面の中に、【仕事】と名前が付けられたフォルダがあった。

さらにその中身に進むと、【奇奇怪怪地方名の由来】、【都市伝説の真実と嘘】、【本当は怖いネット怪談】というフォルダがずらりと並んでおり、そしてもう一つ【最恐スポットナビ】と名付けられたフォルダも……。

「あった！　最恐スポットナビ！」

【最恐スポットナビ】と名付けられたフォルダを開けると、画像データやテキストデータが所せましと格納されており、全てを見るには時間がかなりかかることが容易に想像できた。

パソコンのデータを閲覧するということにおいて準備をしていなかった三緒は、その場で見るためにすべてのデータを開こうとポインタを置いた。

三緒の動かすマウスを止めたのは、坂口だった。

袋田は思わず「なにすんすか！」と詰め寄り、坂口はそんな様子にもめげずに含み笑いでポケットからなにかを取り出す。坂口が取り出したそれを見て、三緒が思わず明るい声で反応した。

「ＵＳＢ！」

坂口が持っていたのは、データのコピーや持ち運びなどに使うＵＳＢメモリーだ。この場ですべてを閲覧しようとしていた三緒には、神の道具であると言える。

「ただし、データを勝手にコピーしたってのはオフレコだぞ」

無言で力強く頷《うなず》いた三緒は、ノートパソコンにそれを差し込むと、さっそくデータをコピーする作業に入った。長方形のウィンドウが表れ、データの移動に要する時間がゲージで示された。

「あのよ、単なる偶然だとは思うんだけど」

データの移動が終わるのを待っている間に、袋田がなにかに気付いたように切り出す。このノートパソコンの画面に貼られた付箋……、即ちパスワードが書かれたそれを指差した。

「【k-su-k】って、これもしかして【ケースケ】って読むんじゃねぇ？」

「そういえば、そんな風にも読めますよね」

坂口が三本目の煙草を真ん中ほどまで吸い、袋田の指摘に対してそれがどうしたのかと尋ねた。袋田はパソコン画面の裏側、つまり畳んだ状態では天面にあたる部分を指した。

「ここに【黒川】ってステッカーが貼ってあるんすよ。これがこの持ち主のパソコンだとして、さっきの【ケースケ】ってのも名前だとしたら」

坂口と三緒は、同じタイミングで「あっ」と声を上げた。

二人の頭の中で、二つのワードが組み合わさり一人の名前になったのだ。そして、それは彼らの知っている人物の名前だった。

「黒川敬介……」

思わぬところで思わぬ人物と繋《つな》がった。黒川敬介とは、顔くりぬき死体の事件についてテレビ局に情報提供を申し出た男だ。

さらにその男はその日の内に失踪し、後日顔くりぬき死体として発見された。

三人が三人とも大いに盛り上がった空気から一転し、言葉を奪われた。これが仮に偶然でなかったとすれば、黒川敬介はヴィンチ出版の人間だったということになる。

つまり黒川敬介は全てを知っていた……。全てを知っていても死んでしまったという証拠になった。

ピアノのような短い音が静かになり、データの移動が完了したことを知らせるウィンドウ。それを閉じると、先ほどの【最恐スポットナビ】のファイルが開きっぱなしになっている。

「データがあるってことは、次はこれを刊行しようとしていたってことですよね。でもできなかった。刊行できなかった、形として存在していないはずの本が出回っている。その存在していない本の中身がきっとこのデータだとしたらここに……」

フォルダの中のファイルになにか見覚えがあったり、知っていたりする名前がないかと見ていると、【鈍振村】と名付けられたファイルに目が留まった。

「これ、なんて読むんですかね？」

三緒はそれが気になったわけではなく、ただ単に読み方が分からなかったから坂口と袋田に尋ねた。坂口ら二人は片方の目を細め考え込むと、なんでもない予想を言った。

「鈍いと、振る、か。普通に読んだら《どんしんむら》かな？　もしくは、《どんぶり》か。いくらなんでも《どんぶり》ってこたないだろ」

ははは、と煙を吐きながら笑った坂口だったが、袋田と三緒の表情は凍り付いた。

「なんだ？　多いな今日はそういう感じ。まさか、《どんぶり村》で間違いないのか？」

「黒川敬介が俺にあの時言ったんすよ……、顔くりぬき事件のルーツは栃木の山奥にある限界集落にあるって。その名前が【鈍振村】っていうんす」

坂口の手元で煙草の先端が二センチほど灰になったまま、地に落ちるのを待っている。これほど燃える前に灰皿に灰を落とさなければならないものだが、坂口はそれを気にかけていられない様子だ。

「……マジか」

「坂口さん、この三冊って借りたらダメですか？」

　三緒がデスクに並んだ三冊の単行本を纏《まと》めて持ち上げると、断られても持って帰ると言わんばかりの表情と態度で許可を求める。坂口は溜《た》め息《いき》を吐くと、困ったように笑った。

「ダメかと言われりゃ、そりゃいいとは言えねぇだろ。けどまぁ、責任は取ってやる。本がなくなっててもバレないだろうし、返せと言われりゃネットで取り寄せればいいしな」

　失踪した有加里と市原を思い、最悪のケースが脳裏の窓を横切っていくのを必死で見ないように抗《あらが》う三緒は、この三冊の本にきっとヒントが隠されていると確信していた。

同日夜
　都内の狭いワンルームマンション。決して立地がいいところではないが、独り暮らしするには不便はない。

　都内だけあって、駅から離れていてもそこそこの家賃ではあるが、セキュリティは割としっかりしたマンションに三緒は住んでいた。

　単行本を三冊持ち帰った三緒は、焦る気持ちを抱えながらも体中を走る疲労と闘っていた。有加里の件、死体の件、市原の件、まだ気持ちがきちんと落ち着いていない。

　それもそのはず、ここに挙げた三つの事件はどれひとつ取っても解決していないのだ。解決していないだけならばまだ少しは気が楽かもしれなかったが、悲しいほどに解明に向けて前進すらしていない。

警察の捜査ではどうなのか、それは三緒にも分からない。だが昼まで取り調べを受けた印象では、警察も自分とそう変わらない情報しか持っていないのではないかと思う。

ポジットに勤めて初めてもらった給料で買った丸いガラス製のテーブル。

その上に置いた三冊の本を見下ろしながら、『けれど自分はこれらの本で前進できるかもしれない。誰もつかめなかった手がかりに辿《たど》り着くかもしれない』と思った。そしてそれは同時に『有加里を救える可能性』へと広がってゆく。

三緒の強い覚悟と決意に疲労と睡魔が通せんぼをし、彼女から意識を攫《さら》おうと虎視《こし》眈々《たんたん》と狙っていた。

三緒はポジットのスタッフ用の蛍光色のジャケットを脱ぐ。少しべとついた身体と髪を触ると、ここから長い夜に向けて眠気覚ましにシャワーを浴びることにした。

坂口は「お前らこの二日、ハードだったろ。今日は帰って休め」と二人を帰した。

その気持ちには感謝しているが、三緒としてはゆっくりと休んでいる気には到底なれない。

自分のすぐそばで人がいなくなったのだ。自分が最もそばにいたのにもかかわらず——。

休めというほうが無理である。

当初は三冊の本ですら自宅には持ち帰るなと言われた。本は会社に置いておけと。

それは体裁のためではなく、「持って帰ったらお前寝ないだろ」と坂口に見抜かれた

からである。本当はUSBを持ち帰ってパソコンで調べたいと言ったが、断固反対され
それは叶《かな》わなかった。
三緒からすれば本を持ち帰れただけでも御の字、というわけだ。
とにかくいても立ってもいられない彼女は、今日中にこの三冊の本を読み、真実へと
距離を縮めると決めたのだ。
使命感と言っても差し支えのない感情に突き動かされ、驚くほどに彼女は強くなった。
人が成長する時というのは、こういう時なのかもしれない。特に自分のためではなく、
他人のためだというところが実に彼女らしいではないか。
シャワーの温度パネルを操作し、四二度。普段より熱めの湯加減に設定する。眠気を
飛ばし、体と心を引き締めるためにシャワーのカランを捻《ひね》った。
勢いよく噴き出すシャワー口から逃れるように、三緒は素早くドアを閉める。シャツ
を脱ぎ穿いていたズボンも脱いだ下着姿で、髪を束ねていたヘアゴムを外すため洗面台
に立った。
鏡に映る自分が、これから頑張ろうとしているような活《い》き活きとした顔ではないこと
に、気分を若干削《そ》がれながら一連の出来事を思った。
あれから、二四時間が経ったところではあるが、それでもたった一日の出来事だ。し
かもどれもがついさっきと言っても過言ではないほどの時間しか経っていない。
悪夢のような時間の終わりに、熱いシャワーでさらにエンジンをかけようとしている

自分に少しだけ呆《あき》れながらも、三緒は裸になりバスルームへ入った。

「熱《あ》っつ！」

分かっていたが、思っていたよりも熱いシャワーのお湯に声を上げる。固く目を瞑《つむ》り歯を食いしばりながら耐え続けていると、次第にその熱さにも慣れてくる。

もしも、こんな悪夢みたいな出来事が身の回りで続けば、この熱い湯のように慣れてしまうのだろうか。人間とはそこまで無関心に、残酷になれるものなのか。

テレビマンとして……頭にこびり付く坂口の言葉を引き剝《は》がそうと熱いシャワーを頭から浴びる。

願った通りに坂口の言葉はバスタブの下に落ち、抜けた髪と一緒に排水口へ流れて行ったが、今度は袋田の言葉が胸のあたりから立ち昇ってきた。

『人の死を扱うことがいいや悪いや言ったところで毎日もれなく人は死んでるんだ。紛争や事故、病気で毎日毎日めっちゃくちゃ死にまくってんのに、なんで殺された奴だけ特別扱いしなきゃなんねぇんだよ、ボケ』

――死の連鎖を止めなければいけない理由ってなんだろう。

袋田は単細胞で直情的でデリカシーのない駄男だ。

だが、彼の濁っていない純粋な感想や言葉は、時として物の本質を語っていることがある。なにが特別でなにが特別でないか。それを映像を通して提示し、見た者に是非を問う。実に民主主義的ではないか。テレビとはその役に立たなければならない。

圧倒的多数で是とすれば是。非となれば非なのである。

そういう観点から見れば、袋田の言ったことは異端であるとしか思えない。

だが、それに反論できない自分に気付いた時、三緒の中にも確かに不平等を感じていた。それを考えることもしなかったこれまでの自分が、理不尽な死の連鎖を目の当たりにしてなにができるのだろう。

――でも、身近な人は特別でしょ。自分のそばから急に消えちゃった人は特別だよ。

この自問が熱いシャワーと一緒に流れるのには、少しばかりしつこく時間がかかった。濡《ぬ》れた髪から湯気を漂わせ、三緒はラフな格好に着替える。その顔からはすっかり睡魔が吹き飛んでいた。

あれほど逃げたいと思った悪夢にこれから立ち向かうのだと思うと、少し笑えてくる。だが、少なくとも【最恐スポットナビ】が手元にない限りはおそらく当事者にはならない。当事者でない人間が、外からこの連鎖を止めることがなにより重要だと三緒は思った。

坂口は三緒にこうも言った。

「お前らにUSBを持ち帰らせないのはな、うっかりこの中の【最恐スポットナビ】のデータを見ちまわないようにってのもあるんだ。これまでの話を聞く限りじゃなにがあってもおかしくないだろ？　だったら俺が持っておくしかない。これに関しちゃ会社でやれ、会社で」と。

USBを持ち帰らせないのは、坂口なりの思いやりなのだ。

昨日の今頃くらいまで一緒にいたはずの有加里の様子を思いながら、連鎖を止めるヒントを探すため、テーブルに置いた本を一冊手に取る。

危険なことに変わりはないが、これまでの経緯を知っているのだから下手なことはしないはず。特に【鈍振村】についての記事を見てはいけない。それだけは守るはずだ。

三緒も女性だ、あまりこういったオカルト・ホラー系のものは得意でない。人生で数えるほどしかこの類《たぐい》の本に目を通したことはない。

手がかりを掴《つか》むためだとはいえ、彼女にとっては苦行でもあった。

「福岡のトンネルかぁ。そういえば、顔くりぬき死体になった動画配信者の人もここに行ったんだっけ」

嫌々めくるページ、数々の記事の中の一つに見覚えのある写真。それは松永亮が失踪《しっそう》する直前の動画の舞台になった場所だった。

当然、三緒もその動画を見たことがある。そこで三緒は【最恐スポットナビ】の表紙を見たのだ。そして、その数日前には真壁にも見せられた。

印象的な場面で二度もそれを見れば、いくらよくあるデザインの装丁だったからといって、忘れるはずもない。

だが、まさかその本がこんなことを引き起こすとは誰が思っただろうか。

「栃木の……限界集落って【鈍振村】みたい。こういうところって結構いくつかあるのかな？　栃木には多いとか？」

【最恐スポットナビ】の中にもあったと思われる【鈍振村】を紹介する記事。なにかのトリガーになっていることは間違いない。

　さすがの三緒ももしもここに【最恐スポットナビ】があったら、手に取ることもできなかった上にその記事だけは読めなかっただろう。

『♪』

　テーブルに置いたスマホが鳴った。ＬＩＶＥの通知音だ。

　誰からのメッセージかとスマホに手を伸ばした際、三緒の目に三冊の本が映り、自分が今読んでいるものの気味の悪さを再確認する。

　まだこの先三冊もあるのかと、暗い溜《た》め息《いき》を吐きながらスマホを手にした。こんなタイミングでメッセージを送ってくるのはおそらく袋田か坂口に違いない。

　坂口からのメッセージならば本のデータからなにか進展があったということだが、無意識的に三緒は袋田からのメッセージであることを願った。

　特にこれといって理由はないが、あの単純でストレートなキャラクターに今は触れたい……。柄にもなくそんなことを思いつつ、スマホを取った。

【縺ｹ繧薙縺ｾ縺吶�繧翫&繧縺ｾ縺吶�】

《縺昴%縺ｵ縺�k繧薙〒縺吶。�溘　莉翫。繧芽。後〃縺ｾ縺吶�》

「ひっ！」

それを見た瞬間、三緒はスマホを床に落としてしまった。

落とした拍子に三緒のスマホは裏向きにひっくり返り、いつも身近にあったそれが全く違う異物になってしまった感覚に陥る。

微動だにしない俯《うつむ》きのスマホに異様な威圧感を覚えながら、三緒の涙が次から次へと溢《あふ》れ出す。その涙が色を持たない血のように三緒の頬を濡らし、手遅れなのだと彼女に思い知らせる沈黙を叩《たた》きつけた。

「なんで？　なんでよ！　私はあの本を読んでないのに！」

ぼろぼろと流れ出る涙を抑えられず、真冬の雪山に放り出されたかの如く、あるいは禁断症状のような震えに身動きができない。

あれほど熱いシャワーを浴びたのにもかかわらず、全身からは血の気が引き、体長の長い虫が背筋を這《は》うような感覚に吐き気を覚える。

「う、うぷっ……うぇ」

極限に上がった恐怖に吐き気を催したが、なんとか耐える。それから、あまりにも自然に紛れていた違和感に気付いたのだった。

「まさ……か……？」

三緒は通知音が鳴ったスマホに手を伸ばした際、テーブルに置いてあった本の数を思い返した。三緒はガクガクと揺れる視界をテーブルに運ぶ。溢れる涙を更にだくだくと滝のように零《こぼ》し、自分の目に見えているものが全て嘘であると思い込みたくなった。

「三、冊……？」

三緒がヴィンチ出版から持ち帰った単行本は三冊。

テーブルにはその三冊があった。

ここまではなんの不思議もないことだ。

だが問題は、テーブルの三冊ではない。【手元の一冊】。

三緒が読んでいた一冊の本と、テーブルに置かれた三冊の本。

つまり、三冊しかないはずのこの部屋に、【四冊】あるということ。それがなにを意味するのか、手に持っているそれが【なんの本】なのか。

上下の歯を何度もぶつけ続ける三緒は、地震の中心に立っているように震える手で、その本の表紙を見た。

【最恐スポットナビ】

「あ、あぁ、あ、あ……なんで……私、なんで……」

足下から数千匹のミミズが身体をよじって上がってくる幻覚。

いや、錯覚と言ったほうが正解か。どちらにせよ、恐怖が具現化したそれらが三緒の五感を奪っていくようだった。

もちろん、それらは幻であるが、なによりも幻であってほしいはずのスマホの【ソレ】だけは、見ることができない。

　これから自分の身に降りかかる想像もつかない出来事に、三緒は身動きが取れずにただただ咽《むせ》び泣くしかなかった。

『目的地が設定されました』

　唐突にナビゲーションが起動する。恐怖と緊張の中で、三緒はその音声で瞬時になにかが繋《つな》がる感覚を覚えた。

　黒川と別れる際に彼のポケットから聞こえた『次の交差点を左です。目的地まであと六キロです』という音声。

「なんか昨日から私のスマホがね、調子が悪いんです」真壁が恥ずかしそうに言った時の、『目的地まで二八キロ。そのまま一二キロ、道なりです』という耳に残るアナウンス。

『目的地が設定されました』松永の心霊スポット配信の時に流れた音声。

「いや、のいてや！　あたし、追いつかれてまうやん！　追いかけて来る！」取り乱す有加里の言葉。

　有加里の話から、なにかが【自分を追いかけてくる実況】としてナビが起動するということは知っていたが、一体なにが来るというのか。

　それらが一度に三緒の思考を占領し、それぞれが強く自己主張をしてくる。呼吸を整えながら落ち着こうと努め、違和感の正体を探した。

「目的地まで……目的地……？　対象が動く人間なのに目的地っておかしい……よね」

ずっと引っかかっていたことがあった。

有加里の件である。福井のコンビニまで行った時点で、追いかけてくる【ナニカ】との距離は一〇〇キロ以上あった。それがなぜあんな一瞬で追いついて来たのか。

――もしかして、追いかけて来てたんじゃなくて……すでに追いついていた？　どこに？

「……留《とど》まらずに走り続けてなきゃいけなかった？」

三緒の震えが止まった。というより、気力で無理矢理震えを止めたといったほうが正しい。

今まで腰を抜かしたように震えて固まるだけだった三緒とは別人かと思うほど、しっかりとした動作で俯いているスマホを取った。

案の定ナビが起動しており、【ナニカ】が出発した地点と、目的地である三緒の現在地が表示されていた。

「栃木の、どこだろうここ」

出発地点は栃木県のなにもないところを指していた。そこがなんなのかいまいち分からなかった三緒は、地点をズームしてみると理由が分かった。

その地点がなにもない山のど真ん中だったからである。

三緒は急いで近くにあったメモにその地点の住所を書き込み、あとどのくらいでここに着くのか【到着予測時間】を確認する。

「三二時間……」

冷静に考えを巡らせる三緒の中から、すでに恐怖は消え去っていた。それよりも、【ナニカ】が《どこ》を目的地に設定しているのか。

「やっぱり」

三緒はひとり、確信を得た。

――『【どんぶりさん】に追いつかれたらアウト』だと思い込んでた。これがもし『【どんぶりさん】に完全に特定されたらアウト』だとしたら……？

そう考えれば、有加里の時の説明がつく。大阪からポイントが動かなかったのは、三緒らが北に向けて車で走り出してからだ。

【ナニカ】は《見つけた者》を追いかけてゆくのではなく、【ナニカ】もまたこちらを探しているのだと。

その対象とは即ち、【最恐スポットナビ】の【鈍振村】の記事を読んだ人間。それ以外の人間を巻き込んだりはしない……。

【ナニカ】に特定される＝問答無用で対象の下へやってくる。ということなら、そこからどれだけ離れようが関係ない。

到着予測時間は目安にはなるがあてにはできない、ということだ。

ならばなぜ自分たちが一緒にいた時に【ナニカ】は有加里の下に現れなかったのか？

特定された時点でアウトとするのならば、問答無用に車内に出現しなければおかしい。

【ナニカ】が特定しているのに現れなかった。その理由はいくつか考えられるのだと三緒は思った。

・一か所に留まらず走り続けている内は特定されない。
・誰かが一緒にいる間は特定されていても現れない。

【ナニカ】から逃げ切るため、この二つが利用できるとすれば……。

止まらずに走り続けるというのは現実的ではないと三緒は思った。この説でいくのなら、コンビニに立ち寄った際、停車した時もそれにあたるのではないかと考えたからだ。

となると消去法で《誰かと一緒にいる間は現れない》が残る。

つまり、対象をひとりにしてはいけない。場所は関係ないのではないか。

「そうか！　だったらひとりにさえしなければ、助けられるんだ！」

思わず声に出して叫んだが、すぐに冷静になった。

——ひとりになっちゃいけないって……。だったらトイレは？　お風呂《ふろ》は？　ずっとひとりにさせないことなんてできるのかな。

有加里がいなくなった時のことを思い出す。たった数分、車内で一人にさせただけでいなくなったのだ。

そのシチュエーションから推測する。おそらく厳密に言えば《ひとりにしてはいけない》ではなく、《目を離してはいけない》のではないか。

その仮説には大きな犠牲を伴った。彼女の仮説が正しいとすれば、有加里はすでにその【ナニカ】……いや、【どんぶりさん】に特定されたということになる。それは彼女がもう手遅れだという意味。

——だったらせめて……私で止めるんだ。こんな酷《むご》いこと……。

三緒は驚くべき行動に出る。【最恐スポットナビ】を手に取り、メモを手前に用意した状態で続きを読み始めたのである。


【夜葬】

栃木県の山奥に位置する外界と完全に隔離された鈍振村に古くから伝わる風習。

この村では、人の顔は『神様からの借りもの』と信じられている。死後は老若男女問わず顔をくりぬかれ、神様に返すものとされた。魂＝神様からの借りもの（顔）は、顔を抉《えぐ》られた地蔵にはめ込み返した。それを【どんぶり地蔵】と呼んだという。

一方で神様に顔を返した死者は、幽世《かくりよ》へ渡る船として扱われる。幽世に着くまで腹が減らないようにと、くりぬいた顔に山盛りの炊き立ての白米を盛られる。

このことから、この村では顔を抜かれた死者の事を【どんぶりさん】と呼び、それが村名の由来にもなった。【どんぶりさん】が、幽世へ船（身体）に乗って旅立つのは決まって夜とされ、この村での死者を弔う儀式は必ず夜に行われる。それがこの【夜葬】と呼ばれる鈍振村独自の葬送風習である。

その記事にはこのように綴《つづ》ってあった。見開いた左側の奇数ページには【どんぶりさん】と呼称される、顔をくりぬかれた人間の不気味なイラストが大きく記載されている。

当然、三緒はそれと全く同じ死体を見た。松永親子だ。胃液が逆流する感覚を無理に飲み込み、三緒は涙目のまま記事の全てに目を通した。

そして記事の最後には《アクセス》という見出しと、鈍振村の詳細な住所が記載されている。

『次の分岐を左です』

アナウンスの音声が鳴る度に死を意識してしまい、恐怖に支配されそうになる自分を奮い立たせる。スマホを手にするとＬＩＶＥを起動した。坂口へメモした栃木県の住所を送ると、絶対に【最恐スポットナビ】のデータファイルを見ないよう釘《くぎ》を刺す。

「ふぅ……」

坂口に鈍振村の住所を送ったのは、現状あの記事を読んだものしか知りえない情報だからである。

自分になにかがあったらここへ来てほしい、といった旨のメッセージも添えた。

もしも、【どんぶりさん】が自分のところへやって来たとしても、この先連鎖を止める役割を袋田や坂口に託せそうと思ったのだ。

――私が死んじゃうとすれば、たぶんこの村だと思う。この村になにか残しておけばきっと。

一通り思いついたことをやり終えた三緒だったが、坂口にメッセージを送った際に先ほどの文字化けメッセージを見直した。

「そこにいるんですか……今から行きますね……」

坂口が解読したという文字化け文を口ずさみ、その意味がたった今理解できたことを噛《か》み締める。今となっては『そこにいるんですか』というメッセージの意味も分かった。

LIVEの画面。相手から一方的に届いたメッセージなのに【既読】がついている。見れば見るほど恐ろしい画《え》だ。

――例えば、これに返信したらどうなんだろう?

ふと三緒は思いついた。

《私のところには来ないでください》

小刻みに震える指でそのメッセージに返信してみる。数秒して三緒が送ったメッセージに【既読】がついた。そして既読がついたのと同時に次のような文が届いたのだ。

《繧上。繧翫∪縺励◆縲ゅ◎繧後〒縺ｯ縺ゅ→縺溘�蝪ｧ莠九→莠ｺ縺ｮ縺ｨ縺薙ｍ縺ｫ縺�〃縺ｪ縺吶　�》

「返ってきた……？」

三緒には返ってきた内容はまるで分からなかったが、唯《ただ》一つ、予想外なことが起こった。それは、三緒が勇気を持って立ち向かった結果の産物である。

『目的地が、変更されました』

八　袋田巽《ふくろだつばさ》

同日一九時某分

坂口と三緒と別れた後、袋田はひとりポジットへ帰って来ていた。徹夜でヴィンチ出版のことを調べていた坂口と、次から次へとやって来る問題に頭を使い続けてきた三緒。二人はハードすぎたこの一日の疲れを癒《いや》すためひとまず帰宅したが、袋田は帰らずに会社へ戻った。

袋田の本心は焦りに満ちていた。

自分にできないこと、思いつかないこと、それらをやってのけ役に立つ三緒に対し、自分の無力さを痛感していたのだ。

——ここでひとつ名誉挽回《ばんかい》しねーと。

事件を調べるために単身戻ると、背中を丸めデスクにつく。三緒が目の前で散々坂口に叱咤《しった》された後にUSBメモリーを自分に渡せとは、さすがの袋田でも言えなかった。

仕方なく自分のできることをしようと、インターネットで調べられるところまで調べようと思ったのだ。

たかがインターネット、と周りに笑われてもいい。他に調べる方法があったとしても、それらの知識に乏しい袋田には三緒や坂口が普通にこなせるような調査作業はできない。だからせめて自分のできる範囲で情報を収集しよう、そう思ったのだ。

さらに言えば、彼の焦りは三緒に対する嫉妬《しっと》ではない。三緒の役に立てていない自分に焦っていた。

怖がりながらでも有加里や市原、それに他の犠牲者を想い事件に向き合う。そんな三緒の姿勢をいつしか認めていたのだ。

自分には無理なことだから、せめてなにかサポートはできないか。

言葉遣いが不器用な袋田はそれをストレートに伝えることもできなかったし、なによりも彼のプライドがそれを許さない。そんな彼の性格がこの行動に至らせたのだ。

そうやって見えないところで努力し、確実に力を付けるタイプの彼は将来人の上に立つ人材なのかもしれない。

パソコンが起動するのを待ち切れず、マウスのボタンを何度もクリックしている彼の姿からは、その片鱗《へんりん》は見えないが。

袋田がポジットに戻ったのは一八時を少し回った頃。秋風が冬の寒い風に入れ替わる時期なのに、袋田はいつでも同じようなデザインの黒いパーカーやズボンを身につけていた。

そのため、他の社員が帰ってしまったこの時刻のオフィスの闇に溶け込んでしまっている。

エアコンが切られた室内は次第に冷えていく。

多少の肌寒さはなんとも思わなかったが、さすがに夕食は温かいものを食べたい。そう思った袋田は、弁当を買いに近場のコンビニへ出かける。それができたのは、とある小さな成果を得た安心からだった。

露骨なほどパソコンの画面と顔面を近づける。まさしく齧《かじ》り付く、という表現がぴったりの姿で袋田はヴィンチ出版とその刊行物、関係者について調べた。

そこでやはり黒川敬介と結びついたのだ。

複数のSNSや出版社のブログなどの痕跡《こんせき》から、黒川はいくつかの出版社を渡り歩いており、ヴィンチ出版を退社したのはどうやらこの一年の間だったらしいという情報を得た。

体力だけには自信のあった袋田はほとんど寝ていないのにもかかわらず、会社に残ってさらに調べようと思っていた。

店内に入ると弁当コーナーへ向かう。袋田は分かりやすいものが好きだった。おにぎりの具ならば鮭と梅。弁当ならば揚げ物かハンバーグ、オムライス。子供がそのまま大人になってしまったような舌を持っていた。

夕食時ということもあり、コンビニの弁当・惣菜《そうざい》コーナーは充実している。ついつい買い過ぎてしまう袋田は今日も学習せず、食べ切れない量をカゴに入れた。

コンビニに来た際のルーチンワークになりつつある《目当ての物を確保した後の店内巡り》。その足取りは雑誌コーナーへと向いた。

「もう大分スロット打ってないな。なんか休んでないような気がするもんなぁ。まあ貯金してると思えばいいってか」

興味もないのに端から流し見しつつレジに向かっていくと、途中に単行本コーナーがあった。もしやと思って【最恐スポットナビ】を探してみたが、あるはずはなかった。

もしこんなところで見つけてしまったら、さすがの自分でもパニックになると思う。想像するとおかしくなって、口元だけで笑みを浮かべながらレジで精算した。

オフィスに帰った袋田は袋からおにぎりと飲み物を取り出す。封を切ると、大きく口を開け一口でかぶりついた。

ハムスターのように頬を膨らませ口の中を一杯にしながら、椅子を左右に揺らしつつスマホをいじる。

おにぎりを五つ食べ終え、次のを取り出そうと袋に手を入れた時だった。

「……ん」

指先が触れたのは、おにぎりのそれではなく硬いなにか。そう、本のような手触りだ。本は買っていない。

彼が購入したのはおにぎりと揚げ物惣菜、飲み物だけ。

あるはずがないそれに触れた瞬間、袋田の肩甲骨の間に氷を滑らせたような悪寒が走る。

　これは間違いなく、【あれ】だと確信し、それを掴《つか》んで引き抜いた。

【必殺必勝ゲキアッスロット】

「って、オイ！」

　現れたパチスロ雑誌の表紙に、思わず袋田は一人突っ込みを入れた。

　よくよく思い返してみると、半分無意識にカゴに入れたような気もしてくる。

　というより、本を買っていないというのは完全に思い込みであって、思い返せば思い返すほど購入したことをはっきりと確信するようになってきた。

「はぁ、俺もやっぱ疲れてんかな。大人しく帰ったほうがいいかぁ？」

　椅子の背もたれに身体を預けると、オフィスの天井を見詰める。少し仮眠を取ろうかと考えた。

　気合と根性でここまでアクセル全開でやってきたものの、それではなんともできない部分が表れてきたのだと自覚したのだ。

　スマホを片手に持ち、来客用のソファまで行くと、テーブルにそれを置いて横になった。一時間ほど仮眠が取れればそれでいい、と目を閉じて睡魔が誘いに来るのをじっと待つ。

『新しい目的地が設定されました』

　袋田はすぐに目を開けなかった。

今のは夢の中の音なのか、それとも本当に鳴った音なのか。あの本も手元にないのにナビのアナウンスが鳴るはずがない。そう考えれば前者の可能性が高かった。

自分でも疲れているのだと自覚している。だから仮眠を取ろうとした。そうなれば今の音声はきっと眠りの間際に聞いた幻聴に違いない。

(なにもかも敏感になりすぎてんだな。自覚以上に疲れてるっぽい)

自分の知っている情報の範疇《はんちゅう》では、今ここに【ソレ】が来るはずがないのだ。そう考え込めば考え込むほどに、さっきのはやはり幻聴だと思えてきた。

『新しい目的地まで、あと一四〇キロです』

それは冗談でも、幻聴でもなかった。

確かに今自分の眠る目の前でそれが聞こえたのだ。

瞼《まぶた》を開けるよりも先に冷や汗が噴き出す。夢だと思いたい自分がしつこく袋田にまくし立てる。やがてほんの十数秒の硬直の後、勢いよく飛び起き、テーブルに置いたスマホを見た。

予想した通り、ナビゲーションが起動し目的地はこの場所になっている。

しかも、袋田が気付いたのはそれだけではない。栃木方面からこちらに向かって来るスピードであった。

車に乗っているのか、それとも空でも飛んでいるのか。ナビゲーション上の道路を無視して真っ直ぐこちらに向かって来ている。

「嘘だろ！　どうしたらいいんだこれ」

全身から汗が噴き出し恐怖が体温を奪う中、袋田は今なにをすべきか考えを巡らせる。だが、そのどれもが解決に直結するとは思えない。

頭をくしゃくしゃと掻《か》き、

「ああもう！」

と一人叫ぶと袋田は給湯室へと走り、水回りのシンク下の扉を開いた。

二本の包丁がぶらんと包丁立てに並んでいる。大きいほうのステンレス包丁を手に持つと、会社の奥にある男子更衣室へと走った。

ポジットには社会人野球部があり、袋田も籍だけは置いている。如何《いかん》せん仕事を優先しているため練習や試合に参加している暇がないのだ。

そのためほぼ幽霊部員のようになっているが、彼の運動能力の高さゆえに時折助《すけ》っ人《と》をしてくれればいいという部員の判断で黙認されている。

なのでこの更衣室にやって来るのは実に数カ月ぶりだったが、当然野球の練習をするためではない。

「なんでも来やがれってんだ。俺が思いっきりフルスイングでフェンス越えのホームランにしてやっからな！」

生け花のように金属バットが何本もカゴに立っている中、その一本を手に持つ。

恐怖に打ち勝つのはアドレナリンだけだと袋田は自分を奮い立たせ、誰もいないオフィスで一人雄叫《おたけ》びを上げた。

『ルートの変更があります』

不意にナビゲーションの音声が袋田の気合に水を差す。

なんのことかとスマホを見ると画面に変化があった。先ほどまではマップに矢印があり、すごい速度でこちらに向かって来ている画面だった。

だが今、マップは真っ黒に染まり、一本道のように赤い線がこちら側に延びている。そしてその上をグラグラと揺れたり回転したりしながら矢印が向かっている。

「なんだこりゃぁ……」

袋田が生唾《なまつば》を飲み込み、喉《のど》を鳴らして見詰める前で、更に画面上の目的地の名称が変化した。

【株式会社ポジット本社】という表示が、ぐにゃりと歪《ゆが》み【袋田巽】となる。到着予測時刻も本来《〇〇分》となっていなければならないはずなのに、【夜葬】と変わったのだ。そして、出発地点にも変化が起こった。

【どんぶりさん】

「うおおおおっ！」

恐怖。

経験したことのないレベルの恐怖だった。だが無理矢理にそれすらも乗り越えようと袋田は叫ぶ。自分は敗けない、敗けないという信念を気力にしたのだ。

『次の信号、周辺の、左側車線、五階を直進、横断歩道歩道歩道歩道おかわりまもなく祝園《ほうその》駅を交通ルールにありますか』

ナビゲーションのパターンをデタラメに並べたようなアナウンスに狂気を感じ、間違いなく自分は追い詰められているのだと袋田は悟った。

スマホの画面を見てももはや目的地までの距離など表示されていない。代わりに【ひとつ、積んでは父のため】と書かれてあるだけだ。

「うっせ！　ふざけんなよ、ふざけんな！　ふざけんなふざけんな、敗けっかよ！」

誰もいない室内で袋田は叫びながらバットを振り回し、長椅子のクッションを思い切り叩《たた》くともう一度叫んだ。

三緒がいくらスマホを見詰めていても、画面になんの変化もなかった。あれ以降ナビも起動しないし、ＬＩＶＥを見ても文字化けしたあの履歴はどこにもない。

もしもあの時のＬＩＶＥで会話が成立したせいでナビが止まったとするのならば、これを誰かに伝えなければならない。

三緒は考えた。それは坂口なのか、それとも市原なのか。

市原に連絡がつかない以上、消去法でいくのならば坂口となる。だが、坂口は自分の上司ではあるものの、ただの番組制作のいちプロデューサーである。それならばやはり警察に言うべきか……。

──警察に話しても信じてくれるとは思えない。それどころか昨日の有加里さん失踪《しっそう》と死体の件があるから逆に疑われるって！　それに今誰のところに本が行ってるのかも分からないのに……。

そう思った三緒は、本を置いていたテーブルに目を向けた。この連鎖の矛先に立つ人間の下にこの本が行くのならば、自分の手元から消えているはず。それは三緒がこれまでの事象を鑑《かんが》みての予想だった。

「ある、まだあるよ！」

しかしそんな彼女の予想に反して、【最恐スポットナビ】はそこにあった。同時に三緒の脳内では『ここにあるということはまだ自分の番が終わっていないのではないか』という結論に辿《たど》り着く。

ということは、この後にまだなにかあるということでもある。それを思うだけで再び胃の奥から冷たいなにかが噴き出しそうな恐怖感を覚えた。

もし、またあのナビゲーションが起動したらどうしよう。もし、またLIVEのメッセージがきたらどうしよう。どうしよう。どうしよう。どうしよう。

一難を逃れたかと安心したところでのこの現実。LIVEでの返事が直接の解決に到らなかった場合、その時はどうすればいいのか？

先ほどのはたまたまで、次に同じ返事をしたところで逃げられないのではないだろうか？

様々な思考が三緒の全身を駆けずり回り、ますます自分がこれからどうするべきなのか分からなくなってきた。

「袋田さんなら……どうするかな」

もう一人、頼りにしている男の存在を思い浮かべた。

先ほどの【LIVEで返事をすれば逃れられる件】に関して誰に伝えるべきか悩んだ際、袋田の名前が出なかったのは彼も自分と同じ立場にあるからだった。

この件を伝えるには、自分たちよりも拡散力を持っていて、それなりの力を行使できる人物でなければならない。そうしないと根本的な解決には到らないからである。

少なくとも三緒はそのように思ったから、自分とそう変わらない立ち位置の袋田を外したのだ。

だが、まだこの連鎖が三緒の下に留《とど》まっているとするのならば話は違う。

【ソレ】が去っていないとすれば、やはり鈍振村へ行くべきか。

連鎖を止めようと覚悟したのに自分は見ず知らずの他人に【どんぶりさん】を押し付けてしまったのかもしれない。

三緒の思いは今、複雑な心境にあった。

一度は死をも覚悟したが、自分に呪いの矛先が向いていないと分かれば無意識に安堵《あんど》している。自分の順番をただ人になすりつけただけかもしれないと思うだけで、どうしようもない罪悪感に蝕《むしば》まれる。

――一体私はどうすればいいのかな……。

自ら死を選ぶような馬鹿げたことなどしたくはない。

しかし、だからといって一度回避したものを、再び自分に戻すこともしたくない。

無意識に涙が溢《あふ》れ、体中に震えがくる。改めて心底あの男の助けを求めていた。

三緒は手に持ったままのスマホですぐに袋田に電話をした。

「もしもし袋田さ……」

『誰だお前！　いつでもかかってきやがれ！』

三回目のコールで袋田は出た。だが、いくら三緒のことをよく思っていないとしてもあんまりな態度ではないか。

「ちょ、そんな言い方しなくても！　なんなんですか！」

悩んでいた心情を、いつもの乱暴な態度で吹き飛ばされ、三緒はつい声を荒らげる。

『は？　ああ、なんだ朝倉かよ』

袋田は電話の主が三緒だと分かっていなかった様子だった。

三緒があんまりな態度の袋田に反論しようとしたところで、気付いたようだ。

声だけを聞く限りなにやら息切れをしているらしく、話の合間で短く荒い呼吸を繰り返している。

「袋田さん、一体なにやってるんですか？　なんで私だって分かんなかったんですか」

『スマホがおかしくなってんだよ。しかもほら、例のナビが俺んところでも始まっちまった。今会社で穴空きオバヶの野郎を待ち構えてるところだよ』

「例のナビって、そんな！」

『【最恐スポットナビ】も手元にねぇのになんでだ！　心当たりが全くねぇんだがなんか分かるかよ』

　袋田からそれを聞いた瞬間、瞬《まばた》きも忘れるほど三緒は全身が凍り付いた。

　まるで彼女だけ時間を奪われたように、全ての時が止まる。三緒の体感的に再び時が動き出すまでにどれくらいを要しただろう。

　丸一日ほどの長い時間でもあり、瞬く間の一瞬であったようにも思える。

『おい、朝倉！　なんだよ、なんか言え！』

　三緒が固まってしまったのは、袋田が今置かれている状況に心当たりがあったからだ。

　そう、あのLIVEの返信。

《私のところには来ないでください》

　あれを打ってしまったから、【どんぶりさん】は袋田の下へ行ったのかもしれない。

　この場に【最恐スポットナビ】があるということは、即ち【三緒の番を袋田になすりつけた】からであり、彼が犠牲にならない限り手元のこの本はなくならないのではないか。

　それは仮説というよりも、もはや彼女にとって確信に近かった。

「今すぐ会社から出てください！　私も行きますから、絶対移動し続けてください！」

『分かった。言う通りにするわ。けど俺のスマホは自分じゃどうにも操作できない、どうする？』

三緒は少し考えると、タクシーに乗って移動するよう指示する。三緒の住む家から最寄りである中野《なかの》駅で待ち合わせることにした。

袋田が素直に三緒の指示に従ったのは、彼もまた有加里失踪の場に居合わせたからだ。移動している最中は、距離を離すだけで追いつかれないのではないかと内心気付いていたからだ。

三緒にとっては、考える暇もなく【鈍振村】へ向かう決定的な出来事となった。自分自身がやってしまった罪をどうにか打ち消すために、もはやかの地へ行くしかなかった。想いは違えど結果として二人はいいチームになっていたのかもしれない。三緒はスウェットの上から上着だけを着込み、本を持って外へ飛び出すと中野駅へと走った。

「私のせいだ、私の……」

涙を拭《ぬぐ》うのも忘れ、三緒は自らのしてしまった行為を悔いながら夜の路《みち》を駆け抜けるのだった。

一一月六日零時某分 栃木県内国道

悪夢はまだ続いていた。日付が変わったばかりの時刻、三緒と袋田はタクシーの後部座席で無言のままとある場所へと向かう道中にあった。

中野駅で問題なく袋田と合流したのち、そのまま三緒は運転手に栃木の山奥へ行くように伝えたのだ。少しでも留まっているのが恐ろしかった。

栃木の山奥とは【最恐スポットナビ】に記載されていた【鈍振村】がある場所だ。

誰も頼れる人間がいない中、この連鎖の根源である場所に行くしか術《すべ》は残されていなかった。

そこに行って連鎖を止める突破口があるとは限らない。だが連鎖を止めることよりも、袋田を救いたいという一心だった。

袋田を【どんぶりさん】が追っているとすれば、少なくとも一緒にいる間は捕まらない。

もちろん、この仮説ですら確信はないが、それだけ信じられる情報が少ないのだ。

少なくとも、今のところは三緒の仮説が正しいと言えるだろう。なぜなら、袋田はまだ彼女の隣で生きているからだ。

都内からその場所まで車で三時間。このまま走らせれば、あと一時間も経たないうちに着くだろう。

「あ、ちょっとあそこのコンビニで停まってください」

山道に入ろうとしていたその時、三緒がコンビニに寄るよう運転手へ指示した。

停まることはご法度だと知っているはずなのに、なぜそうするのかと袋田が文句を言う。

――そっか。袋田さんは知らないんだっけ……。

とりあえず今は危険を冒してでも持って行かなければならないものがあると言っておいた。

運転手に待っているように伝えると、車を降りる。三緒は袋田の手を摑《つか》み、コンビニへと促す。

「お、おい！　なんのつもりだ朝倉！」

「ちょ、照れないでくださいよいい歳して！　……こうしていれば少しは安心なんで」

「なんでお前が安心すんだ！　狙われてんのは俺なんだからそれを言うなら俺だろ！」

明らかに動揺の色を隠しきれない袋田はそう言って手を振り払おうとするも、三緒は決して離そうとはしない。

袋田がもう一度「おい」と呼びかけると、三緒は自動ドアの手前で正面から向き合った。

「……お願いします。袋田さん」

「あ、え？　お、おう。わ、分かった」

三緒は真っすぐ袋田を見詰めると、真剣な表情で言った。

そんなことは初めてだったからか、袋田は珍しく俯《うつむ》きがちに目を逸《そ》らし、歯切れの悪い返事でごまかす。

自動ドアをくぐり店内へ入ると、三緒は一直線にとあるコーナーに向かう。

そのコーナーを見た袋田はあからさまに怪訝《けげん》な表情を見せ、三緒の見詰める先と彼女の顔を交互に見比べる。

「おい、なんの冗談だよ。腹でも減ってんのか?」

だったらこれも買ってくれよ、と袋田は鮭のおにぎりと梅のおにぎりを差し出した。

三緒が立ち止まったのは、弁当と惣菜《そうざい》のコーナー。

どうしても必要だと言われて来た先がこれかよ。袋田はそこまで空腹なのかと呆《あき》れたように溜《た》め息《いき》を吐いた。

「俺、死ぬかもしれねぇんだぜ? そんな時によくやるよ。本当は死んでほしいって思ってんじゃねぇの」

再びタクシーに戻った袋田は、おにぎりを頬張りながら窓の外を見た。三緒はというと購入した【それ】には手を付けず、一心不乱に【最恐スポットナビ】を読み耽《ふけ》っている。袋田の言った言葉も聞こえていないようだ。

そんな三緒の姿を横目に、袋田は先ほど店内で繋《つな》いだ手の平を見る。そして複雑な表情をすると、それをポケットにしまった。

「んで、それ食わないのかよ」

三緒が購入し、袋の中に入ったままのそれを指差し尋ねるが、彼女は「食べるために買ったんじゃないんで」と言うのみで多くを語らなかった。

やがて袋田が梅のおにぎりを食べ終える頃には真っ暗な山中へと差しかかり、運転手が「本当にこんなところで降ろしていいんですか？」と心配そうに尋ねる。

袋田がガサガサとおにぎりの包装袋を丸めながら短く返事をすると、運転手はそれ以上なにも言ってこなかった。面倒なことに巻き込まれたくなかったのだろう。

闇を割るようにヘッドライトのみで照らされる山道をしばらく行った深夜一時、地図上ではそこだという地点の近くに到着する。

車を降りた二人は墨汁をひっくり返したような闇の中、袋田が会社から持ち出した懐中電灯で正面を照らす。狭い視界の中に映る、鬱蒼《うっそう》と茂った山道を行った。

「おい、大丈夫かお前。めちゃくちゃ真っ暗だぞ、本当に合ってるのかよ」

「大丈夫かどうかは分かりませんよ。ナビ通りに行ってるんですけど」

「この状況でも散々な目に遭ったスマホナビを使わなきゃいけねぇなんて、なんか踊らされてるよな。俺ら」

ここまでのタクシーの車中で、三緒は袋田にすべてを話した。

自分に起こったこと、おそらくそれが原因で袋田の下に【どんぶりさん】が向かっていることを。泣きながら袋田に謝った。

だが袋田はそれに対してなにも言わず、彼女を責めるようなことも言わなかった。持っていた金属バットで叩《たた》き伏せてやると、気合十分に言い放っただけだ。

袋田も分かっていた。

三緒もまた常軌を逸した怪異を味わい、知恵を絞って切り抜けたのだと。

彼女のことを相棒だとは思っていないが、それでもこの短い間に苦楽を共にしてきた仲間だという自覚はあった。

袋田にとって三緒は、相棒ではなく強敵、ライバルでありたいと願った。

だから貸しも借りもない。

仮に三緒のせいで【どんぶりさん】が自分の下へ辿《たど》り着いたとしても。それで死んでしまったとしても、なにがあっても三緒のことだけは恨まずにいよう。

袋田はそのように強く思った。

三緒は三緒で、袋田ほどではないにせよ、自分がどうにかして救わねばという強い使命感に駆られていた。それぞれが想いを秘め、この真っ暗な山道を行く。

一一月の山中は心臓を縮めるほどに寒いが、それに負けない意志でずんずんと奥へと進んでゆく。すると、ナビゲーションが目的地に着いたことを知らせた。

「着いたって、ここ、人なんか住んでねぇだろ」

三緒が照らす先には朽ち果てた木造の家屋がある。光をスライドしてゆくと骨ばった窓枠と真っ暗な屋内が覗《のぞ》く。年月が木を傷め、手入れのされていない壁はところどころ剝《は》げて天井や床が抜けている。

近くで見れば小さな視界の中でもそれらははっきりと分かった。

「限界集落……って書いてあったのに。【最恐スポットナビ】に載っていた写真だってこんなじゃなかった！」

漆黒の闇。その中で生き物のように蠢《うごめ》く三緒が照らす懐中電灯の光。

頼りなく小さな光ではあるが、その小さな円形の光でも分かるほどに、村は朽ちていたのである。

三緒がついさっきまで見ていた【最恐スポットナビ】に掲載されていた村は、確かに朽ちかけてはいたが、写真からでも人の営みを感じることができた。

だが闇の中に広がるこの村はどうか。

明かりも、匂いも、音も、なにもない。完全に息絶えた【死んだ村】だった。

「仮に一年前にこの本が作られたんだとしても、たった一年でこんな状態になるの……」

見たものが信じられないとばかりに三緒が少し歩くと、砂利道の脇には低い石垣があり、苔《こけ》が至る所にこびり付き、水はけ用の溝も落ち葉や木の実などで埋まっている。

それらの荒れた姿と人の気配など皆無のこの一帯を見て、袋田は三緒に言った。

「限界集落って確か外界と隔離してる小さな集落で、年寄りしかいないようなところだろ？　ここは限界集落どころか廃村じゃゃねぇか」

袋田の言う通り、彼らの辿り着いたかの地は廃墟《はいきょ》の集合体。つまり廃村。

確かに、過去に人の営みがあったであろう痕跡《こんせき》はあるが、既に全てが停止してしまっている村だった。

全盛期であってもおそらくは数百人、それも千には到底及ばない数の人間しか住んでいなかったのではないかという村の広さである。

「この【最恐スポットナビ】……。やけに【鈍振村】については詳しく書いてあるんです。この類《たぐい》の本で記事元のアクセスなんて記載するわけないのに、普通に書いてある。この村だけじゃありません、他のスポットもアクセスが書いてあります。でも【鈍振村】に関してだけ言えば、村のマップまで載っているんですよ。まるでこの本を読んだ人を『この村に来させようとしている』みたいに」

「けっ、気色悪いな。ヴィンチ出版とかいう胡散臭《うさんくさ》い出版社の連中はなにがやりたかったんだよ」

少し歩けばすぐに村の入り口にぶつかり、まさに山の円形脱毛症のような場所だ。不気味に荒れたそこは、来る者を拒む威圧感がある。

ここは何人《なんぴと》たりとも立ち入ってはいけない呪詛《じゅそ》の村なのかもしれない。

「おい、朝倉。ここに一体なにがあるって言うんだよ」

袋田は懐中電灯を照らしながら、とある家屋の前で立ち止まる三緒に声をかけた。

「ここ、公民館なんです……」

「公民館だぁ？　そりゃあいいや、近所の寄り合いか？　どんぶり野郎が集まって宴会でもするか？　食えねぇ、喋《しゃべ》れねぇ、見れねぇ、臭わねぇ。それで、楽しいのかよ」

袋田はジョークや洒落《しゃれ》のセンスも皆無なのだな、と三緒はため息を吐いた。

――なんだって私はこんな童貞(推定)の駄男なんかに……。

そこから先はたとえ心の中であっても三緒は言わなかった。自らの感情を認めるのが癪《しゃく》だったからである。

「んで？　その公民館になんかあるのかよ」

「はい。【最恐スポットナビ】にはこの公民館の内部の写真があるんです」

「あるんです、はいいけどよ。俺にも見せろよそれ。そのほうが早いだろうが」

「ダメですよ、袋田さん。【どんぶりさん】に狙われているのは袋田さんですけど、それは《私の身代わり》になってるだけです。この本が私の手元にある以上、対象になってるのは私のまま。もし袋田さんがこの記事を見て、対象としても設定されたら余計にやばいです」

袋田は一度「そうか」と返事をしたが、釈然としない様子で考え込む。数秒間の間を置いて、やはり納得いかないように口を開いた。

「おい、それってお前。ここで【どんぶりさん】を俺から自分にまた狙わせ直そうってことか？」

「そうです」

「……やめだ。帰るぞ」

「ちょ、やめてください、やめてよ！」

夜のとばりに三緒の大声が吸い込まれる。

袋田が手を取り来た道を戻ろうとする。三緒はその手を振り払おうとばたつかせた。

だが三緒の力で袋田を振り払えるはずもない。

それなのに三緒は何度も摑《つか》まれたままの手を振りながら、公民館の中へ行こうとした。

「待てよ朝倉！　おら、ボケ！」

袋田の制止を振り切ろうとする三緒の肩を摑み、無理矢理正面を向かせる。暗闇でうっすらとしか見えない三緒の顔をまっすぐ見つめると、袋田は強い口調で言った。

「あのな、お前がなにを考えてやがるのかはどうでもいい。だが俺は自分の手で決着つけるんだよ！　俺のフルスイングが通用しないって勝手に決めんな。俺ならどんぶり野郎になんざ敗けねえ！　でもお前みたいなひょろひょろ根暗女が太刀打ちできると思ってんのかよ、舐《な》めんなブス！」

——なだめてんのか、悪口言ってるのか、どっちなのよ。バカ。

いつも通りの口の悪さで、いつもとは違う言葉をかける袋田の《らしさ》に、三緒は声を出すことができず、ただ黙るしかできなかった。

言いたいことは山ほどある。言ってやりたいことも山ほど。

それなのに彼女が声を出せなかったのは、涙と鼻水で息ができなかったからだ。

「お前がこのわけ分かんねー事態を終わらせるつもりだって思ったからついて来てやったんだ。妙なつもりで来たんなら帰るからな！　いいか、これがここで終わればすっげー特番作れるんだぜ？　そうすりゃよ、俺もお前も晴れてぺーぺーから脱出できっぞ」

「……ほんと、バカですよね」

「ふん、今は褒め言葉だって思っておいてやるよ」

「分かりました。少し誤解がありましたけど、狙われているのが袋田さんであれ、私であれ、連鎖を止めるために最初からここに来るつもりだったんです。それには変わりありません。行きましょう、袋田さん」

「いいねぇ、そのいちいち腹立つ生意気っぷり。次くっだらねぇこと考えやがったら、どんぶり野郎の前にお前の頭をフルスイングしてやっからな」

涙を拭《ふ》き、公民館の玄関の引き戸を引く。だが鍵《かぎ》がかかっているらしく開かない。何度か戸をガタガタと揺らしてみるがびくともしなかった。痺《しび》れを切らした袋田が三緒を下がらせると、持っていた金属バットで戸のガラスを破壊し強引に入り口を作る。

「な?」謎の同意を求め、袋田は笑った。

野蛮で乱暴な手段に三緒は呆《あき》れたが、この状況においては袋田の判断は助かると思った。三緒ならばずっとガタガタさせていたはずだったからである。

公民館の中は、村に入った時の感想と同じで、とても一年間放置されていただけとは思えない傷み具合だった。

気味が悪そうに袋田は、持っていたバットで時折張っている蜘蛛《くも》の巣を散らしながら歩く。

奥まで進んでとある部屋で三緒は立ち止まると、開いていた【最恐スポットナビ】をライトで照らした。

照らしたページには現在いる部屋が掲載されていて、ありし日には会議に使われていた、とある。

「ほぉ～、確かにこの部屋だな。しかもめっちゃ本とかあるじゃん」

「ちょ、なに見てるんですか！　私が言ったこと……」

「なに言ってんだよ、連鎖が止まればこれを見たか見ないかなんて関係なくなるだろ。それに今の俺らは一蓮托生《いちれんたくしょう》だ」

ムキになって反論しようとする三緒を無視して、袋田は写真のレイアウトを参考に暗闇の中で本棚を手探りで探した。

すぐに袋田が本棚があったことを告げると、呆れながらも三緒はその方向にライトを向ける。

本棚には数十冊の本が並んでいた。

どれもがなんの変哲もない資料本であったり小説だったりしたが、その中に明らかに浮いている本が三冊あった。

「これ……」

【奇奇怪怪地方名の由来】、【都市伝説の真実と嘘】、【本当は怖いネット怪談】……。

「ヴィンチ出版の本だ。やっぱり連中はここに来てたってことだよな？　でも」

袋田の「でも」と言った先は、言わずとも分かっていた。両隣に並んでいる本と明らかに新しさが違う。それは単純に本の新旧という話ではない。

その三冊以外の本は、ずっと前からそこに置かれたままの状態。つまり、《廃墟になる前からあったであろう本》と、《廃墟になってから置かれた本》にしか見えないのだ。

この状況から立てられる仮説は、実に現実離れしていて馬鹿げていた。

「廃村になった【鈍振村】に取材に来たってこと？　じゃあこの写真は？　【どんぶりさん】のことは一体誰に聞いたっていうの」

「おい、朝倉。これ見てみろよ」

袋田がなにかを見つけたことを三緒に知らせる。

三緒が振り返ると、袋田は折り畳み式のテーブルの上を指差す。そこには開かれたままの分厚いファイルがあった。

「日誌みたいなんだがよ、どうも変なんだ」

袋田の下へ歩みながら「変？」と聞き返し、それを照らした。

見つけた時から開いている状態だったと袋田は言った。

ファイルを持ち上げてみると、その下には埃《ほこり》が積もっている。開かれたページに埃が積もっていないことと併せて推測するに、これはごく最近ここに置かれたのだろう。

「破られてる」

開かれているファイルの綴《と》じ目、紙を留めている紐《ひも》に、強引に引きちぎった残りだろう破片が付いていた。

「何枚破られているのか分かんないけど、ついさっき開いたみたいな感じ……」

「ついさっき？　バカかよ、こんなところに誰が来るんだ。それに公民館の玄関も閉まってたろ」

「公民館の玄関は袋田さんが他の入り口も探さず勝手に壊したからじゃないですか。どこから入ったかってのは、こんな廃墟《はいきょ》では気にすることじゃないですよ。それにここに最近来た人なら心当たりがあるじゃないですか……」

ここまで言っているのに袋田は「は？」と間抜けな反応しかしなかった。

「市原さん、ここに来たんだ」

三緒は確信を得た。市原は、【最恐スポットナビ】を見たのだ。

おそらく、三緒と同じ目的……連鎖を止めるために身を挺《てい》してこの村に来たのだ。

そして写真があった公民館に来ると、このファイルを開き、数枚破った上で持ち去った、ということだろう。

そこまで推測が立った三緒だったが、一体なぜ市原はこのページを破り、持ち去ったのだろうか。

破られていないページに目を落としてみると、一九五五年一一月二七日の日誌。

なんの日誌かと思えば、村が機能している時代の村長や役職の者が付けていたなにげないものだ。内容も当たり障りのない、その日にあったことや村民の様子などが書かれてある。

《まもなく福祀《まつ》り。第二次大戦の開戦による中断から一七年ぶりに福祀りが復活するとあって村のみんなも活気づいている。子供たちにもこの村を守る神様になるという大義をしっかりと教えた。やはり我らの村には村のやり方が一番合っているということだ。今日も快晴、福の神さんも祀りの復活を喜んでおるようで、この一一月は誰も死なんかった》

「死なんかった？　どういうことだろう。それに一九五五年って六〇年前？」

ここにあるものはみんな朽ちかけていて、そのファイルも古いものなのは間違いなかった。しかしファイルされているバインダー自体は比較的近年のものと見受けられたため、三緒はしっくりこなかったのだろう。

さらにファイルを遡《さかのぼ》り、適当なところで止めた。

《一九五四年一月三日

今月も二人死んだ。村の連中は違うと言っているが、やっぱり夜葬をやめたせいに違いない。夜葬をやめたから吉蔵《よしぞう》と松代《まつよ》は死んだのだ。村の名前にもなっている風習を不謹慎、非人道的、そんな理由でやめさせたのは黒川の倅《せがれ》だ。街でなにを見たか知らないが、村の外のことを決して持って来てはいけない。愚か者》

「夜葬！　夜葬って書いてる！」

「マジか、なんて書いてあるんだ」

三緒は「ちょっと待ってください」と他のページをめくり、他になにか書いていないかを探した。

だが焦っているのと、ライトの灯りのみで読んでいること、さらに紙が古い上に分厚く膨大な量なので、日誌からはそう簡単に【夜葬】について抽出できない。

「ダメです……これ以上は。せめて明るいところでゆっくり探してみないと」

開いてあったページまで戻ると、破いたページを飛ばして次のページをめくった。

「一一月三〇日……」

一一月三〇日については【夜葬】や【どんぶりさん】に関してなにも記述はなく、他のページと同様に日常が綴《つづ》られていた。

「破られてるページは、一一月二八日と一一月二九日か。どんな意味があんだろうな。それよりお前、ここでなんか違うもん探しに来たんじゃないのかよ」

「あ、そうだった！　これがあるっていうことは期待できますよ袋田さん」

ファイルをばん、と叩《たた》き、三緒は「これと同じような日誌を探しましょう」と言った。

「日誌って、それのことじゃん」

「そう、これのことです。ただ私たちが探すのは一九三九年以前の日誌です。【最恐スポットナビ】に載っていたこの部屋の本棚を見て、たぶん日誌……というか、【夜葬】と【どんぶりさん】について書いてある書物があるんじゃないかって。市原さんもきっと私と同じことを思ってここへ来たんだと思います。それでこの日誌を見つけて……」

「ふーん。分かった、日誌を探せばいいんだな。なんで一九三九年？」

「市原さんが開いてくれていたこの日誌がヒントです。本当は手あたり次第に漁《あさ》ってやろうと思っていたんですけど、おかげで絞ることができました。

ここには《第二次大戦の開戦による中断から一七年ぶり》とあるので、おそらく一九三九年から一九五四年までの間、【夜葬】は行われていなかったんです。そうなると戦前の一九三九年以前の日誌を見つければこの儀式を知ることができるかも」

「儀式を知ったところでよ、それが今回のなんの役に立つんだ」

「…………」

——この人はまた無意識に核心をつく……。

言葉に詰まる三緒を見て袋田は珍しく笑う。

「分かんねーけど、とにかくヒントを探そうってわけか。ここまでの推測を聞いてさすがだなって思ったけど、そういう肝心なところが甘いのもお前らしいわ」

ぐうの音も出ないとはこのことだった。

袋田の言う通り、村に来たからといって解決に導くなにかが必ずあるという確信はない。

この村になにがあるのかについては、【最恐スポットナビ】に載っている程度の情報しか摑《つか》んでいない。公民館に来れば【夜葬】や【どんぶりさん】にまつわる書物があるはずだというのも、勘であると言われれば反論できない。

「なに黙ってんだ。俺は褒めてんだぜ。確証のないことを信じてここまで行動できるお前をな」

「え……」

袋田はハッと我に返ると、「っていうハッタリだって！　ガセ告知みたいなもんだ！」

とうるさく喚《わめ》きながら本棚の下を調べる。

棚下の扉を開けた袋田はその前に座り、うーん、と唸《うな》った。

その後ろに立った三緒は袋田の見詰める先を覗《のぞ》き込みながら「どうですか」と尋ねた。

「ないな。一九四五年からしかない。それ以前はたぶん、戦争で焼けちまったとかじゃねえか」

三緒はそうですか、と答えつつ、市原がなぜあのファイルだけをあそこに置いたのか気付いた。

【夜葬】について書いてあるのがあれだけなのだと。

無論、市原がここにある日誌すべてに目を通したとは考えにくい。だが彼なりに思考を巡らせてここに辿《たど》り着いたのだ。そう考えると、これ以上の情報はないのではないかと思い始めた。

「そこにある日誌が一九五〇年から一九五九年までのやつだな。なぜかそれ以降のはないぞ」

袋田の報告で気になった三緒は、手元の日誌の最新のページを探した。

《一九五九年五月一九日
大変なことが起こった。あろうことかあの連中、どんぶりさんを持って行ってしまっ

た。子供たちが怒ってしまう、福の神さんが怒る前に殺してでも取り返さなければいけない》

「どんぶりさんを持って行った？　福の神が怒る？」

ようやく出た【どんぶりさん】という言葉。

なのに日誌はなぜか五月一九日という中途半端な日で終わっている。この村に来たことによって情報は確かに入手できた。

だがその情報はただ単に新しい知識を増やしただけであって、連鎖を止める糸口になるようなものではなかった。

「こういうのじゃないのに……」

唇を噛《か》みしめ、三緒は他のページを探そうとした時だ。

「朝倉。この村で用事あるのはここだけかよ」

袋田がそう尋ねたのに、「いえ、まだありますけど」と答える。

「そうか。だったらそろそろ他のところも行こうぜ。あんまり時間がねぇみたいだ」

「時間？　え、だってまだまる一日以上あるはずじゃ……」

三緒の言葉を遮って、袋田は自らのスマホを彼女に見せた。

「なに……これ」

最初、三緒のところに設定された目的地までの到着予想時間は三二時間だった。特定された時点でアウト……ということを加味したとしてもまだ余裕はあるはず。

そしてそこからいままで四時間近くしか経過していない。

三緒の計算ではまだ二〇時間は猶予があるつもりだった。しかし、袋田が見せたスマホの画面は、自分の推測とは大きく外れたものだったのだ。

真っ黒な画面に赤く一筋入った道筋。出発地点には【どんぶりさん】と表示され、ゆらゆらとふらつきながら矢印がこちらへ向かっている。

目的地は【袋田巽】とあり、到着予想時間は【もうすぐ】となっていた。

「なんですかこれ！　私の時と全然違います！」

「あー……やっぱそうか。お前の話聞いてる時から、なんか俺んとこに来たのと違うなって思ってたんだよな。お前の話だとよ、本を開いて記事を読んだらＬＩＶＥになんか来るんだろ？　それを見たらヤッに見つかるってわけだ。けど、俺にはそこまでのプロセスぶっ飛ばしていきなりこれだからな」

「目的地が人名になってるってことは……、ＬＩＶＥで会話が成り立って他の人へ行った場合、土地ではなく人に直接行くってこと？　ＬＩＶＥにメッセージも来ないって、その人から別の人へ行かせることもできないってことじゃない！」

「落ち着けよ朝倉。さっきも言ったけど、俺んところ来たからって返り討ちにしてやるから別にいいんだよ。それよりもこいつ、さっきよりもだいぶ近くに来てるから、ここであんまりゆっくりしてられねぇぞ」

「わ、分かりました。じゃあ次はここに行きましょう」

そう言って三緒は本に載っていた写真の一枚を指した。こんもりと盛られた土に園芸用の錆《さ》びたシャベルが刺さり、その手前で線香が煙をくゆらせている写真だった。

「シャベル……確か、顔くりぬきの凶器はシャベルだって黒川が言ってたよな」

「はい。私、この記事の中になにかヒントがないかって思って、ずっとタクシーで見てたんです。この公民館でなにも見つからなければ打つ手なくなっちゃうから」

袋田は思わずオイ、と突っ込みを入れたが、三緒は笑わずに続ける。

「ここにシャベルが写ってることと、【どんぶりさん】が凶器にシャベルを使ってるっていうのは絶対偶然じゃないと思うんです。鈍振村で【夜葬】の風習があったことは確かだと思います。でも人が消えたこの村でそれが続いてるはずなんてない。とすれば、ここに来た人間がその風習に関する重大な過失をしたと考えるのが自然じゃないかな、って」

袋田は【夜葬】の風習のことを知らないので、三緒の話を聞き逃さないよう耳を傾けるのに精一杯であった。

その上で、よく分からないが、とにかくシャベルがないことが問題なのだな、と自己解決をする。袋田が「そうか」と短く返事をすると三緒は「それだけじゃないんです」と続けた。

三緒が照らしたページにはもう一つ、【この村に伝わる忌まわしい信仰】と見出しがついており、何十体も並ぶ地蔵の写真があった。

「うげ、気味悪いな!」

袋田は素直な感想を吐き不快な表情を浮かべる。それに対し、三緒は「ちゃんと見てください」ともう一度その写真を指差し、本を袋田に近づける。

「マジかよ！　なんだこりゃ」

誰もいない真っ暗な廃村、響きもしない袋田の声が突き抜ける。

袋田が驚き叫んだ理由は、地蔵の写真にあった。数十体も並ぶその地蔵には全て顔がなかったのだ。そして、その顔のなくなり方を二人はよく知っていた。

――【どんぶりさん】と、同じように中央を丸くくりぬかれていたのだ。

「この本によると、信じがたい話ですけど、死者からくりぬいた顔はこの【どんぶり地蔵】にはめ込んで祀《まつ》るそうです」

「人間のくりぬいた顔を地蔵に……？　なんだよそれ、とち狂ってんじゃねぇか！」

袋田は悪夢のような光景をイメージし、顔を引き攣《つ》らせた。

真っ暗闇の中でライトを照らして見るその本は、最高に悪趣味だと思い知る。

鈍振村の記事では【風習】としながらも、彼らのような都心に住まう人間には不謹慎で悪趣味極まりないものにしか映らなかったのだ。

「ここだ」

袋田はそんな思いを張り巡らしながら三緒について歩いてゆくと、奥まった村の外れで立ち止まった。ここがどこなのか、ようやく暗闇に慣れてきた目で見渡そうとする。

「うげ、気味悪いな！」

なんでもない土手のような場所だと分かると、少しばかり戸惑いを覚えた。

「ここが一体なんだってんだ。なんもねぇぞ」

そのように話す袋田に、三緒は「これを見てください」とライトをあてた。

そこはただの地面だったが、こんもりと土が盛られていて、園芸用の片手シャベルが突き刺してあった。袋田はこの画《え》に見覚えがあった。しかもごく最近に見た覚えが。

「……あ、これってあれか？」

「そうなんです。あの写真と同じ……お墓です」

ぎょっとなった袋田がそれを見ると、どこか違和感を覚えた。

それがなんの違和感なのかまでは思い出せないが、なにかが違う。

「分かりました？　ここほら、この本に載っている写真の場所とは違いますよね」

「ああ、そういうことかよ！　なんだよややこしいな！」

全然ややこしくないのにな、と思いつつもそれは声に出さず、三緒はここまで来る間に練った仮説を話した。

「顔を失った死体を【どんぶりさん】と呼ぶこの村では、基本的に火葬はないはずです。魂の入っていない身体を船として扱う風習を持つ村ですので、幽世《かくりよ》に渡る船を火葬で燃やしたりする発想はなかったはずです。だからこの村では土葬という形を取っていたと思うのですが、それに使われたのがシャベルってことですよね。

たぶん、顔をくりぬくのも穴を掘るのもシャベルを使ったんだと思います。

それとこの写真横の注釈を見てください。【どんぶり地蔵横の墓】ってありますよね。こんなお墓がいっぱいあるんだと思うんですけど、この写真のだけはお地蔵さんのところにあるって書いてます。これはほかとは違う特別なお墓だと思うんです。ここに行けばきっとなにか答えがあるはず。想像でしかないんですけど、ここのお墓のシャベルをヴィンチ出版の人が持って帰っちゃったとかだと思うんです」

暗闇できちんと確認はできなかったが、言葉の最後付近の口調に明るさを感じる。袋田は久しぶりに三緒のこのようなテンションを見たな、と思い、少し懐かしい気分にもなった。

「けどそのシャベルが……」

三緒が言いにくそうにそこまで言ったのを見て、袋田はこれ以上を彼女の口から言わせまいと代わりに答えた。

「そのシャベルがもうすぐやって来るんだよな」

握りに力を入れると、袋田は手に持ったバットの調子を窺《うかが》う。いつでもフルスイングができそうだと笑った。

――これならばどんなバケモノが来ても大丈夫、きっと。

暗闇の中でも、袋田の灯《とも》す臨戦態勢の炎が、【どんぶりさん】を誘っている。そう、三緒の目に映った。一方で不安が残る。

「でも、根拠なんてないんです。ここになくなったシャベルを戻しておけば連鎖が止まるなんて。そんな簡単なことがあるとは思えない」

再び涙が溢《あふ》れる三緒は、精神的に限界だった。

限界なのは精神的なことだけではない。時間も限界が近づいている。まだ丸一日以上の猶予があると思っていたのに、残り数時間……いや数十分……しかないのでは、とても連鎖を止める手立てを見つけられるとは思えない。

ここまでなんとか辿《たど》り着いたが、そのどれもが自分の推測であり、それをしたらどうなるかなど分かりもしない。

シャベルを戻し、コンビニで購入した物を使用したところで、果たして【どんぶりさん】を止められるのだろうか。

それを思うと三緒は押し潰《つぶ》されそうに苦しくなる。

「根拠？　んなもんどうだっていいだろ。肝心なのは戦う覚悟だぜ？　こう見えても、俺は少しだけお前を見直してるんだ」

そう言った袋田は、三緒の頭をポンッ、と一度だけ優しく叩《たた》いた。

らしからぬ意外な行動に、思わず三緒は袋田を見上げる。暗闇で懐中電灯のか細い光が、僅《わず》かに袋田の顔を映していた。

表情は暗くてよく分からないが、そこには性格の悪い苦手な先輩社員ではなく、一人の頼もしい男性がいた。

「体張ることは全部任せろって言ったろ。お前はうだうだいらねぇこと気を遣わずに、考えろ。この体験も終わってみりゃ視聴率の取れる企画になるぜ。そうなりゃお前と俺の一騎打ちだ。

テレビは楽しいもんだからな。体張って番組作る俺と、頭使って番組作るお前と、どっちがおもしれーテレビを作れるか勝負すんだからよ。だから頼むぜ、思いっきりやれ」

「袋田さん、怖くないんですか？」

三緒がそのように聞くと、袋田は無駄に大きな声で笑う。数歩進み三緒から離れると、バットを素振りし始めた。

「むしろワクワクしてるっての。わけ分かんねーどんぶり野郎と勝負できるんだからよ！　それにバットで思いっきりぶん殴ったら普通捕まるだろ？　相手が死人なら遠慮しなくていいしな。っつうか、話の展開だと、そのシャベルを持ってるのはどんぶり野郎なんだろ？　だったらむしろそれしかねぇよ」

これは袋田なりの気遣いなのであろう。三緒にもそれは痛いほどに分かった。同時に自分が恐れていてはいけない、とも思った。

ここまで来て失敗した時のことなど考えていては駄目だ。怖がっていては、駄目だ。

そんな風に思うと、不思議なほど恐怖心は引き際の潮のように消えていった。

「分かりました。確かに、シャベルを戻すって言っても【どんぶりさん】が持ってるんですもんね……。とにかく【シャベルが抜かれているお墓】を探しましょう、袋田さん」

「ああ、行こう」

暗闇の中の二人。

この世界が滅び、たった二人だけが生き残った。そんなイメージを抱かせる絶対的な闇。

それは次第に僅かな星の光により、視界を懐中電灯の光だけに頼らせなくなってゆく。

そんな薄い闇の中を突き進み、【最恐スポットナビ】に掲載されている【どんぶり地蔵】を目指す。

目が暗闇に慣れ、うっすらと開けた視界のおかげで、暗い中にも村の全体象が輪郭を帯び始めた。

ほぼ全壊した家屋。走ることを諦《あきら》めこの村と共にひっそりと季節を眺める廃車。誰が乗り捨てたのか分からない小型のバイク。朽ちた井戸とガラスのない窓が闇を深める大きな建物。おそらく学校だったのだろう。

ぐるりと数十分をかけて村を一周したが、地蔵がありそうな場所は見あたらなかった。

「おかしいな、絶対あるはずなのに」

三緒の呟《つぶや》きに、袋田は「根気よくいこうぜ」と声をかける。

その一言により、三緒はギリギリのところで焦らずに済んだ。

足下から冷気が立ち昇る道にしゃがみ込み、もう一度よく写真を見比べる。

写真は昼間だったらしく明るく写っていたが、今は深夜だ。同じ場所であっても一目では分からないかもしれない。

「おい朝倉。あれじゃねぇの」

その時、袋田がバットで彼方《かなた》を指し示す。なんの変哲もない林。三緒がバットの先を照らし、目を凝らしてみると、なにか四角い石のようなものが目に入った。

「もしかして、あそこに……」

近寄ってみると、長年放置されてきたために草木で隠れてしまった石柱が現れた。

袋田がバットで草木を払うと、先に続く階段がある。

階段の一段目から上に向かってライトを照らすと、頂上付近に微《かす》かに鳥居の頭らしい影が見えた。

「やった！　袋田さん、さすがです！　きっとここですよ！」

今度は三緒が声を大きくしてはしゃぎ、袋田も「おお」と返事をする。

【最恐スポットナビ】にも大きな鳥居の写真があった。それを思い浮かべ、十中八九ここで間違いはないだろうと、三緒が一歩踏み出した時だ。


『鈍振村に到着しました。袋田巽までまもなくです』


「来た！」

叫んだのは三緒ではなく袋田だ。一瞬にして顔を強張《こわば》らせ、バットを強く握った。

「走れ！　急げ朝倉ぁ！」

「はい！」

袋田のかけ声に三緒は階段を駆け上がるが、大した段数でもないはずなのに距離が長く感じられる。恐怖心がそうさせるのか、緊張が体感をおかしくしているのか、スローモーションのように頂上までが遠い。

『鈍振村公民館は右側にあります。鈍振村公民館では、季節ごとの行事や村での取り決めなどを行い、夜葬の会場にも使われます。夜葬は村中で死者を弔う儀式です。神様に顔をお返しした後は、顔の【どんぶり】に炊いた白米をこんもりと盛り付け、親族でそれを食べわけます。この時に付着した血液には残された親族への無病息災の念が込められており、顔を【ほじくった道具】は神聖なものとして【どんぶりさん】を埋葬した場所に奉納しておかなければいけません』

ナビゲーションが突然、異常に長いアナウンスを始めた。

この村の……【夜葬】についての解説のようだが、そもそもナビゲーションシステムがこのような長文を話すわけがない。

それを肌身で感じた三緒は、全身が弾《はじ》けそうなほどの鳥肌を催した。しかし【夜葬】の解説はまだ続く。

『まもなく鈍振村学校、左側です。村民五〇〇名の鈍振村では、学校はこの施設のみとなっており、小中一貫のシステムを取り入れていました。しかし、鈍振村は村人以外の流入は原則禁止しており、外からの教育も取り入れておりませんでした。そもそもこの鈍振村は、自己完結するよう自給自足、電気も自家発電するよう各家庭に通告しており、それらの機器を手配する時には村長ならびに数名の代表者のみが下山していました。その際に出会った村外の人間との会話で、鈍振村が知れることとなりそれが鈍振村壊滅の壊滅の壊滅』

話の最後で様子がおかしくなったナビゲーションを余所《よそ》に、袋田と三緒は息を切らしながら頂上の鳥居の下へと辿り着いた。

そこには鳥居の大きさに比例しない小さな神社があり、灯《あか》りを照らさなくともシルエットだけで分かるほど朽ち果てている。

「急げ！　朝倉！」

境内に入ると地蔵群がどこにあるのか見渡し探すが、それらしいものは見当たらない。焦りを隠せないでいる三緒がしきりに、どうしよう、どうしようと狼狽《うろた》えていた。

「落ち着け、大丈夫だ！　ここで合ってるから、ちゃんと探すぞ！」

袋田の檄《げき》に辛うじて冷静さをしがみつかせ、できるだけゆっくりとライトを照らしてゆく。

袋田のスマホから流れる音声は恐ろしい。身の毛もよだち、生の感情を全て奪っていくような禍々《まがまが》しさを感じた。

『フクろだまで五〇メートル、左側です』

「ヤバい！　もうすぐ近くだ！　お前行け！」

三緒は階段のほうに向けて走ってゆく袋田の背中に「そんな！【どんぶりさん】に狙われてるのは袋田さんなのに！」と叫んだ。

「だから俺しかいないんだよ！　必ずシャベルを持ってってやるから、俺を死なせたくないんなら早くしろ！」

そうは言っても割り切れない三緒は更に食い下がろうとするが、【どんぶりさん】に備える袋田は三緒に一喝し、階段を下って行った。

「袋田さぁん！」

三緒が叫んだすぐ後で、袋田の「おらぁあ！」という怒号が響く。

唇を噛《か》み締めて叫びたいのを耐えた三緒は、神社の奥へと走った。

今にも崩れ落ちそうな場所だったので、あまり奥のほうまでは調べていなかったのだ。

だが、危ないなどと言っている余裕はない。

時折朽ち落ちた木材が歩みを邪魔するが、構わず進んだ三緒はついにそれを見つけた。

【どんぶり地蔵】

木の板に焼き彫られた字。そして、細く続く石畳。

間違いなくこの奥に地蔵があるのだと三緒は確信した。

絡まりそうになる足で必死に奥を目指す。早くしなければ袋田が殺されてしまう。それだけは絶対に回避したい。焦る三緒が足下のなにかに躓《つまず》き、前のめりに倒れた。

「うっ、痛ぁ……」

なにか大きなものに足を取られた。

倒れ込んだ三緒は上半身を起こしながら、反射的に懐中電灯で照らす。

「ひっ！」

足を取った【ソレ】から慌てて距離を置き、三緒は言葉をなくした。

【ソレ】は木材でも岩でもない、【人間】だった。

そして、その人間を三緒はよく知っている。

「有加里……さん」

間違いなく彼女の屍《しかばね》。三緒が照らしたのはちょうど胸のあたりだったが、最後に会った時と同じ服を着ていたのですぐに分かった。

そしてゆっくりと顔までライトで照らしてみる。

「有加里さん……う、うぅ……」

赤黒く乾いた傷と丸く抉《えぐ》られた顔。

一目で、【どんぶりさん】による連鎖であると思い知る。

だがこの場になぜ有加里の骸《むくろ》があるのか、考える暇などない。とにかく三緒は急がなければならなかった。

「痛っ」

転んだ拍子に強打した膝《ひざ》が激痛に痺《しび》れる。わざわざどんな状態か三緒は見なかったが、痛みの感触から怪我をしているようだ。

それでも三緒は足を引き摺《ず》りながら地蔵を目指し、そして、

「あった！　あそこ、あそこだ」

祠《ほこら》のようなものを見つけた。そこにずらりと地蔵が並んでいるのがライト越しにぼんやり見える。痛む膝を引き摺りながら、三緒は階段付近にいるだろう袋田に向けて叫ぶ。

「袋田さん！　ありました！　ありましたよ！　お地蔵さんです！」

袋田からの返事はなかったが、三緒は彼の無事を信じて痛む足のまま地蔵たちに近づき、間近でライトをあてた。

「え、あ、あ……」

地蔵の顔をライトで照らした三緒は、その強烈な衝撃に言葉という言葉が全て弾け飛んだ。自分の目の前にあるそれを全く理解できなかった。

丸く抉られたようにぽっかりと顔に空いた穴。その穴にすっぽりと【人間の顔】が入っていたのだ。

そして、それは死人の顔ではなく目を開いており、じっと三緒を見詰めていた。

【顔】は知らない人間のものだったが、その強烈な光景に後ずさりした際、隣の地蔵の顔も照らされ、それに心臓が止まりそうになった。

「有加里……さ」

有加里の顔面が地蔵にはめ込まれ、目だけがぎょろりと三緒の動きを追っている。

それは、即ち【はめ込まれた顔面だけ生きている】という、常識では到底考えられな

い状態だったのだ。

後ずさりする靴の踵《かかと》で、さらに三緒はなにか硬い物を踏んでしまう。そのまま後ろ向きに転ぶと、背中を強打してしまった。

衝撃はあったものの、ここから一刻も早く逃れたいという気持ちで、痛みが一時的にマヒしているらしい。

「お嬢ちゃん」

聞いたことのある声に、三緒はハッと我に返る。声のしたほうを探すのにライトを四方へ照らす。

前方から聞こえたような気がするが、まさかこの地蔵が喋《しゃべ》るわけはないという気持ちと、もう二度とあのおぞましい光景は見たくないという気持ちから、そちらは照らさなかった。

「お嬢ちゃん、前だぁ。前を照らして」

やはり声の主は地蔵の中の誰かであるようだった。気は進まないが再び地蔵を照らす。

震えるライトの灯りの先で、一つの顔が三緒に話しかけていた。

三緒を呼ぶその顔の主とは……市原だった。

「い、市原さん！」

「お嬢ちゃん、お嬢ちゃん、お嬢ちゃん、蹴《け》った携帯、蹴った携帯、真壁、私で……、止めて、止めて」

顔だけだからなのか分からないが、市原は上手《うま》く喋れない様子だった。不気味で恐ろしい状況ではあったが、市原の顔がなにか大事なことを言おうとしているのだと三緒は思い到る。

市原の言う「蹴った携帯」という言葉に、今踏んで蹴り飛ばしてしまったものにライトをあてる。

「蹴った携帯……携帯！」

市原の言う通り、そこには折り畳み式のガラケーがあった。

市原の顔は、おそらくこの携帯を持ち帰れ、と言いたかったのだろう。三緒はそう捉《とら》えることにした。

「そ、そうだ……お墓」

地蔵たちの社の目の前に、土が盛られた四角い区画がある。

ライトを照らしてそれがあることに気付くと、急いで【最恐スポットナビ】を取り出す。例のページを開いた。

そこに掲載されている写真と見比べると、どうやら同じ場所のようだった。そして、三緒の予想通り、写真に載っているはずのシャベルがない。

「やっぱり、誰かが持ち帰ったんだ！」

やはり必要になるのはシャベル。それがありさえすれば、この恐ろしい呪いの連鎖は断ち切れる。ようやくここで摑《つか》んだ希望だった。まず蹴飛ばした携帯電話を取り、後方の袋田に対して声の限りに叫ぶ。

「袋田さあん！　ここにありました、お墓……ありましたよぉお！」

しかし、袋田からは返事がない。再度大声で叫ぶがやはり反応はなかった。

まさか、と最悪の展開を三緒が想像するのも無理はない。もはや袋田でさえも犠牲になってしまったのだ。

そうなってしまえば、シャベルも手に入らず振り出しに戻ってしまったようなものだ。次の連鎖の対象になる人間など分かるはずもない、ない……が。

「でも、まだ私の下にこの本がある……」

自分でも全く無意識にその言葉を発していた。三緒自身が絶望していても、三緒の本能が絶望していなかったということだ。

それを証明してみせるように、金属を引き摺るような音が近づいてくるのを三緒の耳が捉えた。

「袋田……さん？」

『おかわりありますか』

そう言って闇の中から三緒のライトに向かって現れたのは、袋田だった。しかし、ライトは袋田の穿《は》いているズボンを照らしており、顔が見えない。

三緒はそこからライトを上げることを躊躇《ためら》った。

もしかすると、袋田はもはや袋田ではないかもしれない。もしそうだった場合、自分はどうしたらいいのだろう。

彼が袋田か、それとも袋田だったものなのか、確かめる方法は簡単だ。顔を照らして見ればいいのだ。だがそれこそが三緒の躊躇うなによりの理由なのである。

しかし、三緒は確かめねばならなかった。命を張ってここまで同行した袋田。【どんぶりさん】に狙われていたのは袋田自身なのに。狙われてしまったのは自分のせいなのに。それなのに、ここまで一緒に来てくれた彼を信じなければならない。

そう自分自身に強く言い聞かせる。覚悟を決めた三緒は、懐中電灯のライトを恐る恐る顔へと上げた。

片手には金属バット、もう片方の手には血の付いたシャベル。そして——

「よぉ、朝倉」

袋田。袋田の顔だった。

「袋田さぁん！」

思わず三緒は抱き付き、泣いた。袋田はそんな三緒の背中を抱きながらおかしそうに笑う。

「そんなに勢いよく抱き付かれたら取れちまうだろ。ほら、シャベルだ」

「袋田さん！　袋田さん！　袋田さぁん！　よかった、本当によかった……」

袋田は黙って三緒の頭をポン、と一度優しく叩《たた》き、やや強引に三緒の手を掴むとシャベルを握らせた。

そして、優しく微笑みかけると「早く終わらせてくれ」と一言言う。

「うん、でも、袋田さんは……？」

「いいから。今俯《うつむ》くとヤバいんだよ」

袋田がなにを言っているのか分からなかったが、三緒は袋田が命がけで奪ったシャベルを【墓】の山に刺し、抜けないように土の山を固めると振り向いた。

「これで、もう大丈夫ですよね！　袋田さ……」

なにかが地面に落ちる音。その音を喩《たと》えるのなら、そう、なにか濡《ぬ》れたものが肩の高さくらいから落ちたような、べしゃりとした音だ。

それは袋田の足下に落ちたように聞こえた。反射的に三緒がその落ちたものにライトをあてると、赤い固まり、いや、赤と肌色に見えた。

「……？」

三緒の本能が、それを見てはいけないと絶叫している。

彼女の周囲から全ての物音が消え、ほんの少しの星でうっすらと開けていた視界も、急激に閉じてゆく。

周りはこんなにも静かで、視界も静寂そのもの。なのにもかかわらず、心臓の音だけは爆発するように激しく、血管が千切れるほど全身を痛めつける。

本能の絶叫はほんの少しだけ身体の動きよりも遅く、今落ちたそれがなんなのかを三緒に見せつけた。

目の前で落ちた【ソレ】は、顔だ。

くりぬかれた顔ならば全て地蔵にはめ込まれているはずだ。だが、【ソレ】は違った。今、目の前で元にあった場所から落ちたのだ。

【ソレ】とは、袋田の顔だった。

「ぃぃいやあああああああ！」

発狂したように三緒は自らの顔を両手で掻《か》きむしりながら、捕らえられた昆虫のように虚《むな》しく足を激しくばたつかせ、全力で現実を否定するような動きを見せた。

断末魔のような叫び声は狂気に満ち、目を閉じて聞けば超音波にしか聞こえないほど、誰も聞いたことのないような叫び声だった。

この世の悪夢、地獄、それら全てを全身で受け止めたような、終わりの悲鳴。痙攣《けいれん》しているかのような滑稽《こっけい》な動きは、なんの意味も持たずただただじたばたとしている。

顔をなくした袋田の体はその場で崩れ落ち、仰向《あおむ》けに倒れ込む。慌てて三緒は素手で袋田の顔を拾い上げると、くりぬかれた部分に押し込んだ。

「袋田しゃあん、袋田しゃあん、袋田しゃあん……」

くりぬかれた穴に顔を押し付けても、元に戻るはずもない。

そんなことなどまるで理解していないように、目を見開いた三緒はずっと顔をはめようとしている。子供が公園で砂の城を作るように。

何度も、何度も、何度も……。

九　長尾《ながお》総一郎《そういちろう》

翌年七月一四日

東都テレビの喫煙所には紙コップの自販機が置いてある。

坂口はここのデミタスコーヒーが好物だった。それゆえ、こんな些細《ささい》なことではあるが、東都テレビを訪れるのはちょっとした楽しみでもあったのだ。

しかし、ここのところの坂口といえば、全くこの局に来ることは好ましくなく、むしろ避けたいことだった。

ホットのデミタスもいつもの煙草も、まるで味がしないのだ。こうなってしまうと、ただ柔らかい棒を吸っているだけ、ただ熱いお湯を飲んでいるだけなのとあまり変わらない。

そんな気乗りのしない都テレに彼の姿があったのは、当然仕事の関係で訪れているからである。だが、仕事とはいっても、これまでの仕事という意味とは様相が変わっていた。

「あ、長尾さん。どうもお世話になってます！」

喫煙所にやって来たのは都テレの長尾である。いつぞやの報道特番の話を持ちかけた男だ。長尾は軽く手を振ったものの、坂口に対してあまりいい顔はしていなかった。

「あんまりうちの局に出入りされるとちょっと困るんですよね」

長尾が煙草を取り出すのを見て、坂口は火を点《つ》けようと近寄る。

だが長尾はそれを断り、自分で火を点けた。できるだけ周りの目につかないようにしつつ、坂口に対して露骨に難しそうな表情を向ける。

「おたくのところはずっと仲良くさせてもらってたけど、さすがにあんなことあっちゃね。別におたくのところが悪いとは言わないけど、この業界、イメージも大事なのは分かるでしょう？」

「ええ、仰《おつしや》る通りで。……しかし、うちも都テレさんところ切られちゃうと会社潰《つぶ》れちゃうんですよ。どんな番組でもいいんで、どうかお願いしますよ」

坂口は困ったような笑顔を浮かべて長尾の懐になんとか入ろうと試みるが、長尾はそれでも表情を変えない。

「そりゃ大変だろうけど、それを言ったらうちもそうだから。だってさ、放送するのはうちなわけでね？　なにかあった時に『それは番組制作が作ったやつだから』とか言い訳できないでしょう」

なにかあったわけでもないのに、長尾はあたかも「これから失敗するんでしょう？」と言わんばかりに決めつけて話した。

本来ならばここで角が立ってもよさそうなところ。だが、坂口は変わらずへらへらとしながらそんなことはない、といった趣旨のことを繰り返す。

「分かってます？　殺人事件に関与してたんですよ、おたくの社員が。しかも一人死んでるじゃないですか」

「痛いところつかないでくださいよ」

「それに、全く訳の分からない山中で、刑事と大阪の女性アスリートの死体も一緒に見つかったって。しかも事件の詳細は全く分からないときたもんだ。で、あれでしょ？その事件に関与していたとされる女性社員は精神的にきちゃって、入院してんでしょ？そんなのにちょっと関われないよ」

　全く受け付けないといった長尾の態度にも坂口はめげない。むしろその言葉を待ってましたと言わんばかりに長尾に近づき、周りを気にしながら小声で話した。

「それなんですけどね。例えばぁ……そう、例えばなんですけど、もしどこにも出てない事件の全貌《ぜんぼう》というかそういうのが分かるものがあった場合、それと取引してもらえますかね？」

　坂口のこの言葉に長尾の表情が分かりやすく変わり、興味ありげな様子で耳を寄せた。

「一般的には解決したって言われてるけど、僕ら報道関係者でもほとんどこの事件の概要を知らない。君がそれを知ってるって？」

「知ってるというか、いいものを持ってるんです。外部には渡しちゃダメなことになってるんですがね？　はて、なにぶん私は忘れやすいタチでして」

そう言った後で、坂口は胸ポケットから一本のＵＳＢメモリーを取り出して見せた。

「これは？」

「事件のキーになる廃村があるんですが、その村について詳細が書かれている書籍のデータです。ちなみにその書籍は結局お蔵入りで出版されてませんが」

長尾は鼻でクックックと笑うと、呆《あき》れた様子で坂口に向かって言う。

「おたく、悪い奴だね。自分とこの社員が死んでるんだよ？」

「なぁに、死にはしましたけど、それが真実かどうかなんて、番組を見ている視聴者が決めればいいんです。私たちはエンターテインメントを作る夢のあるお仕事ですから。その夢が作れなくなるなんて、お互いメリットないですもんね」

長尾は名刺を取り出し、裏面にさらさらとなにかを書くと坂口に渡した。それを受け取った坂口は頭を掻いて笑うと、お礼をするように深めのお辞儀をして長尾に取り入る。

「ま、今度ゆっくり飯でも食いながら詳しく聞くとするよ。それまでそのＵＳＢ、なくさないでおいてね」

そう言って喫煙所から出てゆく長尾の背中に「ありがとうございます、お疲れ様です」と労《ねぎら》い、坂口はもう一度メモリーをポケットにしまった。

三緒と袋田が味わったあの悪夢の夜より八カ月以上が経っていた。

あの日、三緒からLIVEに届いた栃木県山中のあり得ない住所。坂口はその数時間前にヴィンチ出版で得た情報により、三緒と袋田になにかがあったのだと思い連絡を試みたが、全く繫《つな》がらなかった。

日をまたいでしばらくした頃に、やはり心配になった坂口は警察に連絡を入れた。『この住所の場所に、今行方が分からなくなっている市原刑事がいるかもしれない』と。

その村で、警察が三緒を見つけたのは朝方だったという。

正確に言えば、最初に発見されたのが市原。その次に青山有加里。最後に袋田の遺体が発見された。

それだけでも異常極まりない事件であるが、同時にこれまでの被害者たちの【顔】も見つかったという。

そして袋田の遺体のそばに三緒がいた。

坂口には全く意味の分からない話だったが、三緒は事件のショックで精神科病院に担ぎ込まれた。坂口は数度、面会に行ったがとても話ができる状態ではなく、ずっと「ふくろだしゃん」と繰り返すのみだった。

坂口としても、この事件を掘り返すのは不本意だったが、直接関与した会社として制作の仕事が激減してしまった。

ただでさえ警察の絡むようなことを嫌う業界、事件に関与していただけではなく死人を出したとあっては誰も使ってくれないのだ。

しかし、ポジットは報道関係の制作を売りにする会社。四の五の言っていては、会社が倒産してしまう。坂口としてはそれだけは避けねばならなかった。

「せめてお前が帰ってきた時のデスクくらいは空けておいてやるからな」

ポジットの会議室で、一人煙草を吸いながら坂口は呟《つぶや》いた。

九月二三日
USBメモリーと取引したおかげで、今回の事件を基にしたドキュメント番組を制作することが決まり、坂口らポジットの面々はなんとか首の皮一枚繋がった状況に落ち着いた。

社員一同、この事件についてはそれぞれ思うところがあり、坂口の今回のやりかたに反発を持ったものは辞めていった。

結果、人件費の面ではほどよく削減できたということもあり、この事件をキッカケにもう一度再起しようという意識で団結を強めることとなった。

今回の制作には直接坂口も関わり、現場のサポートと指示を引き受け、起死回生のチャンスを手にすることに余念がない。

そんな中、追い風となったのが情報提供者の男の存在である。

つい最近まで警察に勤めていたといい、あの夜の現場にもいたという。匿名を条件に話をした男だったが、結局それはお蔵入りすることとなる。理由は、放送に堪える内容ではなかったからだ。

Q. 事件現場の状況を教えてください。

「現場についた時点で異様な雰囲気が立ち込めていました。アクセスの悪い山中の、知っていなければこの先に廃村があるなんてまず絶対分からないような場所に、【鈍振村】はあったのです。通報を受けて、警察官八名で現場へ向かいました。村の中をぐりと一周回り手分けして捜索にあたり、最初の遺体はすぐに見つかりました」

Q. 最初の死体はどこに？

「神社へ上る階段、丁度鳥居の少し手前でした。そこに一体、刑事の死体がありました。その死体は顔が綺麗《きれい》に抉《えぐ》られていて、傷口は古いのに生体反応はついさっきまであったような不思議な死体でした」

Q. 生体反応とは？

「ああ、簡単に言えば生きてたってことです。傷口から見るに前日の夜には死亡していたはずなのに、身体自体はついさっきまで生きていたような反応がありました。そして、鳥居をくぐって本殿の奥にある地蔵通りの途中に、女性の死体。これも同じく傷口と生体反応が矛盾していて」

Q. その場で生体反応が分かった？

「ええ、死体を見るのは初めてではないので。とは言っても、検視官ではないので感覚ですね。後々聞いた話でも私の推測は間違っていなかったようです」

Q．三体目は？

「更に奥に進んで地蔵群の手前にありました。ここでの光景が、私の警官人生でもっともおぞましい光景でした。実は、今回退職したのもこの光景が忘れられなくて、やっていく自信がなくなったというのも大きいです。これまでと同じく、三体目の遺体も顔を抉られていたんですが、この遺体については顔の傷と死亡した時刻が一致しています」

Q．警察を辞めざるを得なくなるほどのおぞましさとは？

「どこから話せばいいのか……。まず、遺体に寄り添うようにして一人の女性が顔のそばに座っていました。最初は被疑者かと疑ったのですが、すぐにそうではなく別の事に夢中になっているのだと分かりました」

――別のこととは？

「えっと、その……なんというか、信じてもらえるか分かりませんが、本当の話です。その女性は、おそらくコンビニとかで購入したのでしょうか。白ご飯を、その……男性の顔の空いた穴に詰め込み、赤くなったご飯をその……食べていたんです」

――ご飯、ですか……？

「はい。白米だと思います。泣きながら、まるで男性の顔をどんぶりにでも見立てているように、食べていたんです」

――……。

「それと、彼女の背後にあった地蔵群ですが、そこには腐乱した人間の顔面がはめ込まれていまして、その中にはその……一人目の刑事のものと、二人目の女性のもの……。しかし、これも不可解なのですが、女性が寄り添っていた三人目の男性の顔だけは見つかりませんでした」

収録が終わり、様子を見ていた坂口らは一同に顔を見合わせる。

口が半開きの者、気分が悪くなって洗面所へ駆け込む者、様々な反応を見せた。

この数日後には坂口も同行し、鈍振村を実際に訪れて映像を撮った。廃墟《はいきょ》となってしまった学校や公民館、民家。

朽ちた車にバイク、そして土手を登った先にある廃神社。途中の階段で坂口は市原を想い合掌し、二人目の有加里が発見された場所でも同じく手を合わせた。

そして、なによりも袋田が発見された地蔵群の前ではひときわ長く手を合わせた。

当然、この事件は一般的には解決されたとされているが、犯人のような人間は公表されていないし、三緒が犯人であるという報道もされていない。

いや、むしろ報道自体が制限されているのかと思うほどに、全く情報が浮上しないのである。

報道で出ない、ということはその後【どんぶりさん】による死者が出ているのかどうかすらも分からなかった。坂口や長尾などの報道関係者の中でもこれは疑問視されてきた。

だが坂口は今になって思うのだ。

この国には触れてはいけない闇があるのだと。

それは、自分たちの知っている分かりやすい陰謀説だけではない。このようななんでもない山村に渦巻く、目には見えないなにかもあるのだと。

「ん、おい誰か」

坂口が四角く区切られた土の山を指差して、同行したスタッフを呼びつけた。

「なあ、ここなにか足らなくないか？」

「え？　さあ、僕たちはなにも触ってませんよ。……けど、山になってるんでなんか刺さってたのかもしれませんね」

坂口は事件当日、ＬＩＶＥで三緒に《データを開いてはいけない》と言われた。それを守ってきたし、面倒事が嫌だった坂口はそれを見ることでなにかに巻き込まれるのではと考えた。

だから、データを一度も確認しないまま長尾に渡したのだ。

坂口は知らない。【ここにシャベルが刺さっていた】ことを。それが、なにを意味するのかも、なにも知らないのだ。

同日 東都テレビ編集部

「なあ、これさ」

長尾が食い入るようにパソコンを見詰め、近くにいた放送作家を呼び止めた。

「はい？　なんですか？」

手招きで呼びつけると、パソコンの画面を見せ「どうだ？」と尋ねる。

一体自分がなにを見せられているのかも分からない放送作家は、しばらく見詰めるも苦笑いでそうですね、と言った。

「そうですね、ってなにか分かってないだろお前。これはな、書籍まる一冊分のデータなんだよ。例えば、本を出そうと思ったらこのデータだけで刊行できるらしい。しかもこの出版社はもう消滅してるってきたもんだ。これをどっかで出したりできっかな？　って聞いてるんだよ」

「なるほど。そこまで言ってくれないと分からないですよ」

そう言って笑う作家に、長尾は「作家なんだろ、そのくらい分かれよ」と無茶な注文を付ける。その後二人で、この中身を閲覧していると【鈍振村】の記事に目が留まった。

「ほぉ、これは面白いですね」

作家が興味深そうに画面に食い入ると、そういえば、と言って記事が格納されているフォルダに戻る。

「なんだ？　なんかあったのか」

「いえね。そういえばこのフォルダに書籍用データとは違うファイルがあったなぁと思って。あ、これです」

マウスポインタが移動した先には【1970.4.元村民　黒川元《はじめ》氏のインタビュー】と名前の付けられた音声ファイルがあった。

作家は「再生します？」と尋ね、長尾はそれに対し「してみろ」と命じる。

『一九五五年頃かねぇ。鈍振村に数人の報道関係者が訪れ、文化や風習の調査と銘打ち村の人間とコンタクトを取りましてね。貢物といいますか、いろいろと便利なものを持ち持ち込んでくれたんですわ。それはまぁありがたかったんですがねぇ、その代わり色々と荒らしてくれたもんですよ。全くヒドいもんです。結局彼らが去った後に、村に疫病が蔓延《まんえん》しましてね。どうにもそれに参ってしまって、村でどうしようかって話になったんですわ。そこで【夜葬】を復活させようって話も出たんですがねぇ……。なんというか、このご時世にそんな恐ろしい風習できんでしょう？　疫病っちゅうても、わしは呪いだなんて思っとらんですから。けど村のもんはみんな、【夜葬】をやめたせいじゃっちゅうてね。聞く耳持たんかったんですわ。それでも毎月、毎週のように村のもんが病気になってねぇ。「死人がこれだけ出てるんだから【夜葬】をまたやるべきだ」なんて声も本格的になってきたんですなぁ。まぁここまで村のもんたちが興奮してる状態だからね。正直なところ生きてる人間を殺すわけでもないし、【夜葬】を復活させてもいいとは思ったんだよ。あくまで民間信仰の一種だからねぇ。そりゃあずっと昔からこうしてきたって言われちゃあ、最終的には従おうって思うさ。わしとしてもその時といったらお手上げの状態だったからねぇ。

でも話はそう簡単じゃない。単純に【夜葬】を復活させるとなれば、そのための儀式がいるんだ。福の神さんをね、村にもう一回呼ばないといかんっちゅうてね。さすがにそれは無理だって言うたんだぁ。二九人だよ？　子供を二九人なんて馬鹿げてるだろう。いくら土俗的風習だといってもね、それを黙認するわけにも許すわけにもいかない。わしが親父と一緒に【鈍振村】にやって来たのが戦争が始まるちょっと前だったから、元々この村の出身じゃなかったからね。越してきた時は、……まぁ別に今も悪い奴らじゃないが、皆気のいい連中だった。ただいくら風習とはいえ【夜葬】には慣れんかったがね。戦争が始まって生きていくのにも必死だった時にね、どさくさ紛れでやめてやったんだぁ。戦争が終わってからも村を立て直すのに必死だったし、しばらくは【夜葬】どころじゃなかったんだねぇ。

もともとわしら一家はよそから来た家だから、村の連中よりかは外の世界ってもんを知ってた。村の復興にわしゃ親父の知恵が役に立ったんだなぁ。だから別になりたかったわけじゃないが世話役に持ち上げられた。まあこれはこれでやりがいがあったからやってきたんだがぁ、福祀《まつ》りをすると言うんならわしは降りるちゅうたんだ。元々、【夜葬】で【どんぶりさん】に白飯をよそうっちゅうのがあるな？　あれはまず福の神さんに供えて、神さんに供え終わった白飯を皆で食うっちゅう決まりがあるんだぁ。神さんに食うてもらって、死んだ者の魂が【どんぶりさん】に乗って帰る時に食って、その後でそれを家族が食う。気味が悪い風習だが、まぁこの村ではそういうもんだと思ってた。ん、福祀りか？　ああ、聞かんほうがいいと思うなぁ。

……【夜葬】で福の神さんにお供えせんくなってしばらく経ってたから、福の神さんが村からいなくなってしまったって連中は言うとんだ。そのせいで病気が村を滅ぼすんだと。だから福の神さんをもう一度【鈍振村】に呼ばんといかん。その福の神さんを呼ぶためのが福祀りってこったなぁ。福祀りってのはな、無垢《むく》な子供を二九人、どんぶりにして供えるってもんなんですわ。二九っていうのは『福（二九《ふく》）来たれ』っていう語呂《ごろ》でね。全部顔をほじくって、飯をほじくった顔に山盛り詰めて供えてね。生きてる子供をわざわざ福祀りのために殺すっていうんだから、正気じゃないって思うだろぉ？　けどね、不思議なもんであの村におったらわしのほうがおかしいんかと思ってしまうんだなぁ。

大昔から何度か福祀りは節目節目でやってきたらしいけどね、わしの世代で福祀りなんて……ほら、戦後だしねぇ？　連中にはついていけんってことで、わしは【鈍振村】から離れたんですわ』

「これ……いいんですか？」

音声データを聞き終え、苦笑いで作家は長尾に尋ねた。

「いいんじゃねえの？　小遣いアップするから、これも記事に入れよう」

「小遣いアップ？　そういうことならやりましょーかね。ちなみにいかほどアップで？」

「金の亡者かよ」

作家は「長尾さんがそれを言います？」と笑った。

彼らが笑える理由はひとつ。これを鵜呑《うの》みにしていないのだ。

さらに言えば長尾は報道局に身を置く立場だ。常軌を逸した残酷な事件など、現在進行形で情報を扱っている。仮にこのインタビューや記事の内容が本当だったとしても、そこまで驚かないというのが本音だ。

「まぁ私も物書きですからね、ギャラが出るならやりますよ。それになんだか面白い題材ですしね」

ふんふんと鼻を鳴らし、作家は長尾の隣からパソコンを操作して記事に見入る。

「そうだろ？　これが例の顔くりぬき事件のキーになってるって話なんだけど、このデータは俺がもらったから、これでひと稼ぎしてもいいよな？」

「事件のキー……って。ええっ、いいんですかそんなことして！」

「いいかどうか分からないから聞いてるんだよ。どうなんだ」

作家はしばらく考え込み、いくつか長尾に質問をすると「じゃあ大丈夫じゃないですか」と答えた。その上で、作家は出版社ならいいところがあると提案する。

「奮発してくれるなら、もっと手伝っちゃいますよ」

「分かってるな、お前」

ははは、と笑うと、二人はひそひそと話しては再び笑い合った。

長尾がデータを持って出版社を訪れるまでそれから数日も必要としなかった。

一一月一一日
二時間の特番としてそれは放送された。

もちろん、情報提供者の元警察官のくだりは全部カットしてある。

できとしてはよくある特番とさして変わらないものではあるものの、この手のジャンルが好きな人間にはたまらない作りとなっていた。

坂口にとっては、思い入れもあるこの事件の特番だ。会社の数人とそれをテレビで観ようと、ビールを何本も買い込み、ちょっとした鑑賞会にすることにした。

「よーし、袋田の追悼も含めてみんなで拝もうぜ！」

「え、坂口さんビール片手にそりゃ不謹慎でしょう」

「バカ言うな、あいつがそもそも不謹慎な奴だったろ？」

坂口がそう言うと場がどっと沸いた。確かに袋田は生前、勢いだけの直情タイプで、どちらかといえば成果さえ出せば不謹慎もありき、という性格だった。

誰もがたった二年と数カ月しかいなかった袋田と、さらに新人だった三緒のことを思い出す。まだ仲間意識を強く持つ前に、不本意な結末を迎えた新人二人を想い、複雑な心境を様々に隠している。

坂口にとってはテレビマンとしてのあり方を考える一件だっただけに、感慨深くそれを見ていると、番組のエンドロールで全く予想していなかった事態が起こる。

『今回の特集番組のベースになった事件を扱っている書籍が発売になります。全国書店・コンビニなどでお求めください』

「なんだこりゃ！　ふざけんなよ！」

【最恐スポットナビ】の書籍発売の宣伝だった。

坂口はデスクを叩《たた》きつけ、その衝撃で缶ビールが床に落ちたのにも構わず、大声で怒鳴った。

坂口がこれほど憤慨しているところを見たことのないスタッフ・社員たちは、誰もが口を開くことすら叶《かな》わず、ただ憤っている姿を見詰めるしかない。

だが坂口は自分がデータを長尾に渡して仕事をもらったことなど誰にも言えるはずもない。

結局は泣き寝入りをするしかない現状、怒るしか術《すべ》はなかった。長尾に文句や苦言を呈したところで、仕事をまた減らされれば致命的となるのだ。

坂口は思った。袋田がもしこの場にいれば一緒に怒った上で、坂口に同調するだろう。だが三緒ならばどうだろうか。きっと、坂口を非難し、心の底から軽蔑《けいべつ》しそうだ。そして夢みたいな甘いテレビ論を唱えるのだろう。

坂口はこの場にいない二人を想い、自分がやってしまったことは大きな過ちではなかっただろうか、と珍しく悔いた。

なにもかも全部、後の祭りであることに坂口が気付くのはもっと先の話だ。


放送日よりも数週間後、【最恐スポットナビ】は装いも新たに発売された。

全国の書店・コンビニに並び、番組の注目度も相まってそこそこのヒットを飛ばし、ネットでも騒がれるほどになると、小中高の児童生徒の間ではお決まりの話題になりつつあった。

載っている心霊スポットや怪奇スポットに大したところはなかった。だが、番組でも取り上げられた【鈍振村】については、その【どんぶりさん】という強烈なキャラクターもあり、坂口らの意に反して恐怖の象徴的な存在に変貌《へんぼう》していった。

顔に穴が空いているという妖怪《ようかい》じみた気味の悪さと、実際に起こった事件との関連性も含め様々な考察が盛り上がりを見せる。

【どんぶりさん】や【夜葬】を下敷きにした都市伝説も生まれ、世間で【どんぶりさん】は口裂け女やカシマさんのような存在になった。

そして、一部のオカルト好きや廃墟《はいきょ》マニアが【鈍振村】の存在を知ってしまったことで、二次的な影響も出始める。

【鈍振村】へ実際に行ってしまう人間が現れたのだ。

そして、面白半分に村のものを持ち帰るという報告が頻発し、そこで拾ったものが他所でゴミとして捨てられたりと、村を荒らすだけでは済まない被害が出始める。それから更に数週間も経つと行政により村は封鎖された。

すぐに【鈍振村】は何人たりとも立ち入れない、文字通りの聖域と化した。

翌年一月一日　新潟県北部

ここ数十年、正月という正月は仕事だったが、今年久しぶりに長尾は新潟にある実家で新年を迎えることができた。

それもひとえに彼が一所懸命に勤め上げた成果であり、言いかえれば出世したからこそ、人並みに新年を迎えることができた、というわけだ。

と言っても、今年は父親の七回忌ということもあったので特別に休みを取っただけだ。来年からはまた仕事三昧《ざんまい》で正月を過ごすことになるだろう。いわば、貴重な正月ということである。

寒い地域のため、この時期に帰るのは気が乗らなかったが、いざ兄妹《きょうだい》や親類関係と久しぶりに酒を飲みながら鍋《なべ》を囲んでいると、思っていたよりも楽しかった。

普段の人間関係がドライな分、逆にこういった人との距離の近さが身に染みたのだった。

「寒いからこそ美味《うま》いものってのはここら独特なもんだな」

長尾だけでなく、他の親戚《しんせき》関係も普段は東京で暮らしている者が多く、東京でありがちなことを出し合ったり、テレビマン特有のエピソードを披露したりと、長尾の酒も大いに進み気分がよくなっていた。

そんな長尾が用を足そうとトイレに向かっていた時。

彼の実家は古い民家で、トイレまで長い廊下を進まなくてはならない。

酔いが回り気分がよくなっても、用を足しにトイレに行くたびに寒さで少し醒《さ》める。で、戻れば醒めた分の酒をまたかき込みいい気分になる。この繰り返しだった。

廊下を歩いていると、小学五年生ほどの少年が長尾に向かって走り寄って来た。

少年は長尾の前で立ち止まると、一冊の本を差し出して顔を見詰める。

「うん？　どうしたべ？」

妙に無表情な子供ではあったが、それ以上に気になったのは少年のいでたちだった。いくら七回忌法要だからといって、律儀に喪服のような服を着ていたのだ。

「おじさん、これ読んでよ」

少年が話したのは標準語だったため、長尾は少年に合わせて「ちょっと見ていい？」と本をもらった。

長尾はこの少年に見覚えはなかったが、これだけ親類関係が集っているのだから、知らない子供がいても不思議ではない。特に不審には思わず少年に話しかける。

「どこだ？　でももう大きいからこのくらいの本なら読めるだろ……って、あ、これおじさんが作った本だね」

少年が持っていたのは【最恐スポットナビ】……つまり、長尾が坂口から譲り受けたデータで作った本だ。

こんな子供まで持っているのかと思うと、長尾はなんだか嬉《うれ》しくなりページをパラパラとめくってやった。

「おじさんが作った本じゃないよ」

「うん？　ああ信じられないか。まあいいさ、はは」

そう言いながら長尾は、それが自分が作った本とは少し違うことに気が付いた。

もらったデータでは表紙カバーのない装丁だったため、少し値段を上げようと思い、カバー付きにしてもらったのだ。

だが少年が手渡した本にはカバーが付いておらず、自分が手配したそれよりもずっと安っぽい作りだった。

それに、新たに足してもらった【福祀《まつ》り】のページもない。

「うーん？　廉価版出すとか聞いてないしなぁ……ま、でも地域でちょっと違うとかあるのかもしれないな」

長尾は酔っているからか、普段なら納得しない理由をこじつけて済ました。そして少年に本を渡すと、どのページを読んでほしいのかを尋ねる。

「ここ！　ここのページ読んで！」

「ああ、ここはあれか。【どんぶりさん】のところだね。今じゃすっかり人気のキャラクターになったから、やっぱりここになるよな」

長尾はしゃがみ込んで、【どんぶりさん】……つまり、【鈍振村】の記事を丁寧に読んでやった。

「おっと、おじさんおしっこ漏れちゃうよ。もうここだけでいいよな、って。え？」

長尾が振り向くと、今までいたはずの少年の姿はない。本を持っている自分の姿だけが雪景色の窓に映っていた。

最近の子供は愛想がないな、などと心で悪態をつきつつ再びトイレに向かい、木製の少し傷んだ引き戸を引いた。

『夜葬が、開始されました』

湯気を立たせながら用を足している最中、長尾のポケットでスマホが急にアナウンスしたため、便器から尿を零《こぼ》しそうになる。

慌てて軌道修正をしてなんとか持ち直し、用を足し終える。それから唐突にナビのアプリが起動したスマホを取り出した。

「なんだぁ？　なんか聞いたことのないこと言ってなかったか」

見てみるとやはりナビゲーションが開始されており、なにかがこちらに向かって来ている。よくよく見てみるとＬＩＶＥの通知が来ていたことにも気付き、画面を開いた。

《縺ゅ→縺溘◆郤ｶ蟇ｾ縺ｫ豁ｻ縺ｬ縲　險ｱ縺輔→縺◆》

「なんだ？　文字化け？　っていうか既読ついてるのはなんでだ？」

長尾は首を傾げてトイレを出ようと振り返る。その前には、思いもしない者がいた。

全身がびしょ濡《ぬ》れの白い病人服の女だ。

「うわあなんだお前！」

びしょ濡れの女性は、右手にシャベル、左手にガラケーを握ったまま微動だにしない。

左手に持ったガラケーは閉じたままだった。

長尾は振り返った途端に居合わせた異様な女にすっかり慄《おのの》き、ただ大声で怒鳴るしかできなかった。

「おい、誰か来てくれ！　不審者が、おい！」

「それ……」

女性は長尾が持っていた【最恐スポットナビ】を指差すと、口元だけをにたりと歪《ゆが》めた。そして、片足を引き摺《ず》りながらゆっくりと長尾との距離を縮めてゆく。

「な、なんだお前……気味悪いな！」

道を塞《ふさ》ぐ女性を押しのけ先に行こうとすると、長尾は濡れた床で足を滑らせて転んでしまった。

身体の大きな彼は、不用意に転倒したため頭を打ち、少しだけその場を動けなかった。

「なんだ、ふざけるなよ！　くっそ、誰か警察を呼べ！」

「袋田しゃん……？」

仰向《あおむ》けに倒れる長尾を、その女性が上から見下ろした。そして、俯《うつむ》いた際に髪の毛がしだれ、顔が明らかになる――。

「ぁあぎゃあああ！」

その女性の顔には輪郭に沿って円く傷があり、その内側には男性の顔がはめ込まれていた。まるで、一度抉《えぐ》った顔に、別人の顔をはめたように。

『目的地、周辺です』

「へっ？　え、ええ？」

『たりない、たりない。ひとりたりないよー。ふくのかみさん、おこっちゃうよぉ』

雪を望む窓ガラスにびっしりと、顔のない子供たちが貼り付き長尾を見詰めていた。

顔のない死者たちはガラスをどんどんと叩《たた》いている。

自分を見下ろす男の顔の女性はゆっくりとシャベルを振り上げる。そして、真っ直ぐ、振り下ろした。

リンゴにフォークを突き立てたようなパリリ、という音が、自分の思っていたのと違っていたのか、男顔の女性はしきりに笑っている。

だが、そのパリリ、という音は次第に水面を撫《な》でたような濁った音に変わると、苦しそうな「あっ、あっ」という声とリズムを共にするようになった。

突起や溝があるわけでもない平らな額を無理矢理冷たい鉄製のシャベルで割られ、脳にまで達するたび、苦痛か歓喜かどっちか判断のつかない声を上げて、血の跡だけを残し——。

長尾は家族や知人の前から姿を消した。

『おかわり、ありますか』

了

本書は第23回日本ホラー小説大賞　読者賞を受賞した作品を改稿し、文庫化したものです。

この作品はフィクションです。実在の人物、団体等とは一切関係ありません。

夜葬《やそう》
最東対地《さいとうたいち》

角川ホラー文庫　Hさ3-1　20025

平成28年10月25日　初版発行

発行者――郡司 聡
発　行――株式会社KADOKAWA
〒102-8177　東京都千代田区富士見2-13-3
電話 0570-002-301（カスタマーサポート・ナビダイヤル）
受付時間 9:00〜17:00（土日 祝日 年末年始を除く）
http://www.kadokawa.co.jp/
印刷所――暁印刷　製本所――本間製本
装幀者――田島照久

落丁・乱丁本は、送料小社負担にて、お取り替えいたします。KADOKAWA読者係までご連絡ください。（古書店で購入したものについては、お取り替えできません）
電話 049-259-1100（9:00〜17:00/土日、祝日、年末年始を除く）
〒354-0041　埼玉県入間郡三芳町藤久保550-1

ISBN978-4-04-104904-4 C0193

角川文庫発刊に際して

角川源義

第二次世界大戦の敗北は、軍事力の敗北であった以上に、私たちの若い文化力の敗退であった。私たちの文化が戦争に対して如何に無力であり、単なるあだ花に過ぎなかったかを、私たちは身を以て体験し痛感した。西洋近代文化の摂取にとって、明治以後八十年の歳月は決して短かすぎたとは言えない。にもかかわらず、近代文化の伝統を確立し、自由な批判と柔軟な良識に富む文化層として自らを形成することに私たちは失敗して来た。そしてこれは、各層への文化の普及滲透を任務とする出版人の責任でもあった。

一九四五年以来、私たちは再び振出しに戻り、第一歩から踏み出すことを余儀なくされた。これは大きな不幸ではあるが、反面、これまでの混沌・未熟・歪曲の中にあった我が国の文化に秩序と確たる基礎を齎らすためには絶好の機会でもある。角川書店は、このような祖国の文化的危機にあたり、微力をも顧みず再建の礎石たるべき抱負と決意とをもって出発したが、ここに創立以来の念願を果すべく角川文庫を発刊する。これまで刊行されたあらゆる全集叢書文庫類の長所と短所とを検討し、古今東西の不朽の典籍を、良心的編集のもとに、廉価に、そして書架にふさわしい美本として、多くのひとびとに提供しようとする。しかし私たちは徒らに百科全書的な知識のジレッタントを作ることを目的とせず、あくまで祖国の文化に秩序と再建への道を示し、この文庫を角川書店の栄ある事業として、今後永久に継続発展せしめ、学芸と教養との殿堂として大成せんことを期したい。多くの読書子の愛情ある忠言と支持とによって、この希望と抱負とを完遂せしめられんことを願う。

一九四九年五月三日

ON

猟奇犯罪捜査班・藤堂比奈子

内藤 了

凄惨な自死事件を追う女刑事！

奇妙で凄惨な自死事件が続いた。被害者たちは、かつて自分が行った殺人と同じ手口で命を絶っていく。誰かが彼らを遠隔操作して、自殺に見せかけて殺しているのか？ 新人刑事の藤堂比奈子らは事件を追うが、捜査の途中でなぜか自死事件の画像がネットに流出してしまう。やがて浮かび上がる未解決の幼女惨殺事件。いったい犯人の目的とは？　第21回日本ホラー小説大賞読者賞に輝く新しいタイプのホラーミステリ！

ISBN 978-4-04-102163-7

ホーンテッド・キャンパス

櫛木理宇

青春オカルトミステリ決定版！

八神森司は、幽霊なんて見たくもないのに、「視《み》えてしまう」体質の大学生。片想いの美少女こよみのために、いやいやながらオカルト研究会に入ることに。ある日、オカ研に悩める男が現れた。その悩みとは、「部屋の壁に浮き出た女の顔の染みが、引っ越しても追ってくる」というもので……。次々もたらされる怪奇現象のお悩みに、個性的なオカ研メンバーが大活躍。第19回日本ホラー小説大賞・読者賞受賞の青春オカルトミステリ！

粘膜人間

飴村 行

物議を醸した衝撃の問題作

「弟を殺そう」――身長195cm、体重105kgという異形な巨体を持つ小学生の雷太。その暴力に脅える長兄の利一と次兄の祐二は、弟の殺害を計画した。圧倒的な体力差に為すすべもない二人は、父親までも蹂躙されるにいたり、村のはずれに棲むある男たちに依頼することにした。グロテスクな容貌を持つ彼らは何者なのか？　そして待ち受ける凄絶な運命とは……。
第15回日本ホラー小説大賞長編賞受賞作。

角川ホラー文庫

ISBN 978-4-04-391301-5

のぞきめ

三津田信三

読んでは駄目。あれが覗きに来る——

辺鄙《へんぴ》な貸別荘地を訪れた成留《しげる》たち。謎の巡礼母娘に導かれるように彼らは禁じられた廃村に紛れ込み、恐るべき怪異に見舞われる。民俗学者・四十澤《あいざわ》が昭和初期に残したノートから、そこは〈弔い村〉の異名をもち〈のぞきめ〉という憑《つ》き物の伝承が残る、呪われた村だったことが明らかとなる。作家の「僕」が知った２つの怪異譚。その衝撃の関連と真相とは⁉　何かに覗かれている——そんな気がする時は、必ず一旦本書を閉じてください。

角川ホラー文庫

ISBN 978-4-04-102722-6